C. Comamon

10
18

12, AVENUE D'ITALIE. PARIS XIIIe

Sur l'auteur

Philippe Besson est l'auteur de *En l'absence des hommes*, *Son frère* (porté à l'écran par Patrice Chéreau), *L'Arrière-Saison* (Grand prix RTL-Lire), *Un garçon d'Italie*, *Les Jours fragiles*, *Un instant d'abandon* (les droits de ces trois derniers romans ont été cédés pour le cinéma), *Se résoudre aux adieux* et *Un homme accidentel*. Ses livres sont traduits en dix-sept langues. Son dernier roman, *La Trahison de Thomas Spencer*, a paru en 2009 aux éditions Julliard.

PHILIPPE BESSON

UN HOMME
ACCIDENTEL

**10
18**

JULLIARD

© Éditions Julliard, Paris, 2007.
ISBN 978-2-264-04851-6

Pour Alexandre Liège

Le motif secret de nos actes, et j'entends : des plus décisifs, nous échappe ; non seulement dans le souvenir que nous en gardons, mais bien au moment même. Sur le seuil de ce que l'on appelle : péché, hésitais-je encore ? Non.

André GIDE,
Si le grain ne meurt.

One more chain I break, to get me closer to you.

Rufus WAINWRIGHT,
The Maker Makes.

Ce matin, je vais plutôt mieux que les jours d'avant : cette nuit, j'ai rêvé de lui. Jack Bell. Enfoiré de Jack Bell. Je me suis réveillé avec le souvenir de son visage. C'était incroyablement doux.

Dans mon rêve, Jack souriait. Pourtant, il était plutôt du genre taciturne. J'ai jeté un coup d'œil à l'heure qui s'affichait en cristaux liquides sur le cadran de la radio et appuyé mécaniquement sur le bouton « on ». Aussitôt, j'ai entendu la voix martiale de George Bush, il se félicitait une fois de plus d'avoir écrasé les troupes de Saddam en six semaines. Le sourire de Jack s'est évaporé.

Et puis, avant de lancer la pub, l'animatrice a dit, avec l'intonation langoureuse d'une hôtesse de l'air : « Vous écoutez Sky One, nous sommes le 17 juin 1991, il est 8 h 15, la température est de 19°, je vous souhaite une excellente journée. » J'ai pensé : c'est un anniversaire. Il y a un an exactement, je faisais la connaissance de Jack. À croire que nos rêves ne doivent rien au hasard.

Par la fenêtre de la chambre, j'ai observé la grisaille légère de juin. Dans cette ville écrasée de lumière, où le ciel est lavé en permanence par les brises marines du Pacifique, les matinées sont curieusement embrumées à cette époque de l'année. Je me suis toujours demandé pourquoi mais je n'ai jamais posé la question à personne. Sans doute un phénomène météorologique banal. Je ne suis pas assez curieux. Et, de toute façon, je ne changerais rien au temps qu'il fait.

Enfoiré de Jack Bell.

La première fois que je l'ai rencontré, franchement je ne me suis pas douté qu'il allait foutre ma vie en l'air. Pourtant, quand je me repasse le film, je me dis que ça crevait les yeux : ce type trimballait des désastres. Évidemment, au premier regard, on ne voyait que sa gueule d'ange, sa dégaine de voyou. Et puis sa jeunesse, qui ressemblait déjà à un jouet cassé.

Je savais qui il était. Tout le monde le savait. Il suffisait d'avoir ouvert un magazine au moins une fois dans sa chienne d'existence. Il revenait des enfers, c'est ce que les journalistes expliquaient à longueur de colonne et c'est ce que le môme lui-même répétait à longueur d'interview. Comment aurais-je pu deviner qu'il y retournerait à la vitesse d'un cheval au galop, vers les enfers ? Ou plutôt comment aurais-je pu deviner qu'il m'y entraînerait ?

Moi, j'étais juste un type sans histoire. Juste un flic qui faisait correctement son boulot. Je n'avais pas choisi ce métier par vocation, il ne faut rien exagérer. Mais tant qu'à faire un boulot pareil, autant être consciencieux. J'avais été affecté dans les beaux quartiers, sur les hauteurs de la ville. Beverly Hills, ça fait rêver pas mal de gens. Moi, ce qui scintille ne m'a jamais vraiment intéressé mais j'ai préféré les voisinages rutilants aux banlieues abîmées où les mecs se bastonnent toutes les nuits. On risque moins sa peau sous les palmiers et le long d'avenues rectilignes entretenues par des jardiniers que dans des bas-fonds encombrés de seringues et de douilles de revolver. Je n'ai pas l'étoffe d'un héros, je n'ai jamais cherché à montrer que j'étais un dur. Les caïds, je les laisse à ceux que ça fait bander.

Pour tout dire, je menais une existence tranquille. J'ai attendu d'avoir trente ans pour que la foudre me tombe dessus. Vu ce qui s'est passé par la suite, on pourrait imaginer que je regrette cette tranquillité, le calme plat d'avant la tempête. On se tromperait. Pour sûr, je n'étais pas taillé pour les turbulences mais aujourd'hui, je me mettrais à genoux et j'implorerais d'être foudroyé à nouveau.

Imaginez la fin du Far West, la capitulation du désert, la nature sauvage qui vient mourir au pied du béton, de la brique et du verre.

Imaginez un enchevêtrement d'autoroutes, on dirait des tentacules qui encerclent et transpercent une métropole, rétrécissent pour devenir des interstates, des boulevards. Des veines qui irriguent un cœur malade.

Imaginez une étendue interminable, plus de 50 miles, et pas de centre, très peu de tours sauf à Downtown. Des maisons de bois, des espaces verts ou jaunis, des blocs, une ville horizontale, l'exact inverse de New York City.

Imaginez un trafic ininterrompu, un mouvement incessant. Et, de temps en temps, pour briser la routine, des secousses sismiques, des inondations, ou des incendies, ou des émeutes.

Imaginez quatorze millions de femmes et d'hommes, agglutinés contre un océan et qui attendent le Big One, sans y croire.

Bienvenue à L.A.

Au fond, ce n'est rien d'autre qu'un

gigantesque puzzle. On assemble les pièces et ça finit par faire une ville. Mais aucune des pièces ne ressemble à l'autre. Je ne sais pas par quel miracle elles s'emboîtent mais, je vous assure, elles s'emboîtent. Parfois, tout de même, il faut forcer un peu.

J'y ai débarqué à quatorze ans, quand mes parents ont divorcé et que j'ai suivi ma mère. Jusque-là, j'avais toujours vécu à Bodega Bay. Vous connaissez Bodega Bay, sans le savoir. Vous avez vu *Les Oiseaux*, le film d'Hitchcock. C'était là, l'enfance. Face au Pacifique. Après les falaises. Dans une maison blanche, ornée d'un drapeau américain, le long de la route principale. C'était là, l'enfance, quand elle ressemblait au bonheur. Et puis une petite fille est morte ; ma sœur. Et tout s'est déréglé. Le chagrin s'est abattu sur nous, il a eu la peau de notre famille. Mon père s'est étiolé, consumé comme une bougie. Parfois, ce sont les hommes, les plus fragiles. Ma mère a essayé de s'en sortir comme elle a pu. Un jour, elle s'est rendu compte que son mari ne faisait rien d'autre que l'entraîner par le fond avec lui. Après avoir tenu sa main pendant des années pour qu'il ne disparaisse pas, englouti par la tristesse, elle s'est résolue à la lâcher. Elle est partie. Elle m'a emmené avec elle. Mon père est mort l'année d'après. Il a raté un virage sur la route qui va de Bodega Bay à Legget, une route toute en lacet. Je ne crois pas qu'il s'agisse d'un accident et elle non plus, pourtant nous n'en parlons jamais. Nous avons emménagé à Los Angeles parce que c'est là que se trouvait le travail. Aujourd'hui, ma mère tient un petit hôtel du côté de Venice Beach. Ça marche bien pour elle. Les touristes viennent nombreux, elle ne se plaint pas. Elle prétend qu'elle a refait sa vie, qu'on peut refaire sa vie. Moi, je sais qu'elle pense chaque jour que Dieu fait à l'enfant morte et au mari jeté dans le vide, depuis la corniche. Mais après tout, je devrais peut-être lui faire confiance. Moi aussi, il va falloir que je songe à la refaire, ma vie, maintenant qu'elle est complètement cabossée.

J'avais vingt-trois ans quand j'ai épousé Laura. Je l'avais connue sur les bancs de l'université. Elle m'avait souri. Je lui avais répondu. Ce devait être un sourire un peu misérable, le mien. Je n'étais pas très adroit avec les filles. Je ne comprenais pas comment elles fonctionnaient. Je n'ai toujours pas compris.

J'avais eu des histoires avant elle. Des aventures qui ne duraient pas. Des flirts d'un soir. Je me souviens d'étreintes malhabiles. On m'expliquait pourtant que j'étais joli garçon. Je ne savais pas très bien ce que ça représentait. Je n'ai fini par l'admettre que le jour où Jack me l'a dit à son tour. À ce moment-là, de toute façon, il aurait pu raconter n'importe quoi, je l'aurais cru.

Mais voilà, je n'étais pas très causant. Je tiens ça de mon père. Pour sûr, il n'était pas bavard. Et après la mort de ma sœur, c'est devenu pire encore. Il s'est littéralement enlisé dans le

mutisme. Il ne s'exprimait que par onoma-
topées. Il ne répondait presque plus à nos
questions au point que nous lui en posions de
moins en moins. C'est une forme d'autisme, je
suppose. Il s'est coupé du monde. Le seul truc
que j'ai hérité de lui, c'est son silence. Son
effacement. On a les héritages qu'on peut.

Les filles, elles ont besoin qu'on leur parle.
Pas toutes, bien sûr. Mais la plupart, quand
même. Elles ont besoin qu'on s'intéresse à elles,
qu'on ait des conversations et moi, je n'étais pas
doué pour ce genre de choses. Très vite, elles se
lassaient. Elles me plantaient là, un beau matin,
vaguement dépitées, vaguement déçues. Je
n'étais pas vraiment vexé ni surpris. À leur
place, j'aurais fait pareil.

Laura, elle, ne m'a rien demandé. Elle a vu
tout de suite que je n'étais pas du genre
flamboyant. Je ne suis pas sûr que cette timidité
l'ait séduite. En réalité, elle a fait pour elle-
même le pari qu'elle parviendrait à m'en guérir.
Et elle ne s'est pas tellement trompée. Je lui
dois d'avoir perdu en sauvagerie, ou gagné en
sociabilité, si on préfère. Avant elle, je ne
prononçais pas un mot quand j'allais dîner chez
des gens. Avec elle, j'ai réussi à articuler
quelques phrases.

Il faut avouer que toute sa famille s'y est mise. Une famille italienne, exactement comme on se l'imagine : chaleureuse, envahissante, bruyante, excentrique où tous regrettaient Naples comme s'ils l'avaient quittée la veille alors qu'ils étaient au moins aussi américains que moi. Une tribu extravagante et affectueuse, dénuée de la moindre méchanceté. Ils m'ont offert mes années les plus insouciantes.

Je ne les ai pas revus depuis les événements. Estiment-ils, avec le sens de l'honneur et de la loyauté que je leur connais, que je les ai trahis ? Ou bien seraient-ils prêts à me pardonner, incapables d'un sentiment médiocre comme ils le sont ? Je crois hélas qu'il est au-dessus de leurs forces d'excuser le manquement à une femme, qui plus est quand cette femme est leur fille. Et moi, je l'admets. Je l'admets absolument. Je ne demande pas pardon, de toute façon.

Il n'arrive presque jamais rien à Beverly Hills. Je veux dire : quand on est flic, c'est un endroit de tout repos. Qui aurait l'idée saugrenue d'aller s'attaquer à des maisons surprotégées par des gros bras, filmées vingt-quatre heures sur vingt-quatre par des caméras, dont les façades sont parfois surmontées de tessons de bouteilles et de fils barbelés pour décourager les cambrioleurs et dans un quartier dont les allées sont quadrillées par des milices privées ? Vraiment, il faut être dérangé pour risquer d'enfreindre la loi dans ce coin-là. On est certain de rater son coup et de terminer en taule ou démoli par des types qui n'hésitent pas à administrer leur propre justice. Au fond, la seule occupation des forces de police consiste à éloigner les importuns, comme les fans en mal de sensations fortes qui tentent de s'approcher de trop près de leur idole, ou bien de disperser les touristes quand il leur prend la mauvaise idée de se déplacer en meute. Le maintien de l'ordre n'exige pas d'efforts surhumains. On prétend que les policiers qui y sont affectés sont soit des officiers à quelques mois de la retraite à qui on file leur bâton de maréchal soit des planqués. Je n'étais ni l'un ni l'autre. J'avais échoué là un peu par hasard : ils cherchaient un inspecteur plutôt jeune, genre frais émoulu de l'académie, qui irait bien dans le décor. C'est tombé sur moi. Je n'allais pas refuser une aubaine pareille.

Les premiers mois, je me suis contenté de classer de la paperasse, d'accompagner des rondes ennuyeuses et répétitives, de répondre à la presse et aux télés locales et de m'occuper de larcins minables qui en auraient découragé plus d'un. Mais je vous l'ai dit : je ne cherchais pas particulièrement la castagne ni les coups d'éclat. Je connais beaucoup de flics qui veulent de l'action, des descentes dans les quartiers chauds, des montées d'adrénaline, des arrestations musclées, des coups fumants. Ils déclarent qu'ils sont des justiciers, qu'ils ont choisi ce métier pour nettoyer la ville, et pour que les citoyens dorment en paix. Je crois surtout qu'ils règlent des problèmes d'ego ou qu'ils ont passé trop de temps dans les vidéoclubs. Je n'étais pas dans les mêmes dispositions. En vérité, les rôles étaient bien distribués.

Peut-être est-ce pour toutes ces raisons que ma hiérarchie m'a élu : on pressentait que je ne

nourrissais pas d'ambition particu
ne provoquerais pas d'incident,
capable de résister à l'ennui, et que
bien sur la photo.

Non, il n'arrive presque jamais rien à Beverly Hills. Du coup, lorsqu'on découvre un cadavre aux premières heures de la matinée sur les pelouses impeccables qui longent Crescent Drive, je vous assure que ça fait désordre.

J'étais de service cette nuit-là. On allait tout doucement vers le matin, vers ces heures bleues où un café serré, pris au coin de la rue, sauve de la débâcle, où la mine froissée d'un vendeur de bagels dessine comme une fraternité des éclopés. Franck McGill me parlait de tout et de rien, de sa femme qui lui tapait sur le système, de ses enfants qui grandissaient mal, de sa belle-mère qui les abreuvait de gâteaux à la crème écœurants, et des vies impossibles dans lesquelles on se laisse quelquefois enfermer, à son propre insu. C'est le petit Bishop qui nous a prévenus qu'on avait reçu un appel.

Quand on s'est pointés sur place, les collègues avaient déjà ceinturé les lieux. La scène du crime était encerclée par un ballet de gyrophares. Les barrières avaient été installées pour tenir les badauds à distance et éviter que des indices précieux soient soustraits à la

...aire sagacité policière. McGill me suivait, ...tais le plus gradé des deux. J'essayais d'adopter la tête de circonstance : assuré tel un dépositaire de l'autorité, préoccupé à l'instar de quelqu'un qui va inspecter un cadavre, et légèrement fatigué comme un type qui en a vu d'autres. En réalité, je n'en menais pas large. Et je comptais sur les heures sans sommeil pour que mes appréhensions ne sautent pas trop aux yeux de ceux qui m'attendaient.

J'ai salué les uniformes, serré des mains, posé les questions de routine. À quelle heure avait-on découvert le corps ? Qui ? Était-ce la même personne qui nous avait alertés ? Qu'avait-on établi déjà avec certitude ? On m'a montré une femme en bigoudis et robe de chambre. Pas le look Beverly Hills. On m'a glissé à l'oreille : « C'est la femme de ménage du 425 Crescent Drive. Elle a aperçu le macchabée en sortant les poubelles. Elle a appelé aussitôt. On est arrivés en moins de cinq minutes. On n'a touché à rien. On fait les photos et les relevés d'usage. On vous attendait. »

Je me suis approché du mort, couché sur le ventre. J'ai vu son visage légèrement tourné de côté, vers moi, ses yeux ouverts, le sang qui avait coulé de sa tempe. J'ai vu sa jeunesse. Je l'ai détaillé : des Converse, un jean déchiré de marque Lee Cooper, un tee-shirt blanc sali par la chute, la bagarre peut-être, un bracelet large en cuir au poignet droit, la paume tournée vers le ciel. Je suis revenu au visage. Les yeux ouverts, le sang coagulé sur la tempe. J'ai demandé qu'on retourne le corps avec précaution. Le tee-shirt était imbibé de sang sur le devant, l'herbe fraîchement coupée avait dessiné des traces vertes. La mort remontait à peu. Moins d'une heure, à l'évidence. Le coup contre la tempe avait sans doute été fatal. Il faudrait déterminer avec quoi il avait été porté.

Par qui et pourquoi, c'était une autre affaire.

Les ambulances attendaient derrière les barrières, inutiles puisqu'on ne sauverait personne pour aujourd'hui. Le type finirait à la morgue. Avant qu'on le découpe. Histoire de faire parler le cadavre.

Ce n'est pas une belle fin, de terminer sa course sur le coup de cinq heures du matin, en chancelant sur une pelouse de Beverly Hills, à dix-neuf ans, avec le visage en sang. Non, pas une belle fin. Billy Greenfield avait sans doute rêvé d'autre chose.

Sans doute il n'avait pas rêvé non plus de tapiner du côté de Western Avenue, au coin d'Hollywood Boulevard. Mais quand on a un beau cul, une belle gueule, et soixante-trois dollars dans une boîte à chaussures le jour où on largue les amarres, on découvre assez rapidement que le trottoir est un moyen comme un autre de s'en sortir.

Avec le temps, on découvre également qu'on arrondit pas mal ses fins de mois en refourguant de la came. Billy Greenfield était un adolescent grandi trop vite, et sans repères. Une graine de vaurien. Pas un sale type, ni un gangster. Juste un môme perdu essayant vainement de retrouver son chemin.

Il était connu de nos services. Avait passé quelques nuits au poste. Et quelques autres au trou. N'était jamais resté très longtemps. On manque facilement de place dans les geôles de Californie. Et il se présente toujours des candidats plus sérieux. Je dirais même que ça se bouscule au portillon.

Je ne crois pas l'avoir jamais croisé. J'en ai aperçu des dizaines d'autres, qui lui ressemblaient, qui avaient cette même dégaine, des jeans trop près du corps sur des jambes maigres, des tee-shirts étroits, des veines explosées, des faciès émaciés, des maladies mortelles. C'était une des rares occupations de notre poste de police, les prostitués mâles et femelles.

Je me souviens de Carter Banks, de Zack Fulham, de Melissa Porter, de Dorothy Driscoll. Aucun d'eux n'avait vingt ans. Et tous avaient brûlé leur livret de famille. C'est étrange comme on s'habitue rapidement à ce genre de situation. On suppose que ça va nous soulever l'estomac ou nous révolter. On imagine qu'on va tenter de les remettre dans le droit chemin, ces brebis égarées. En réalité, on abdique presque tout de suite. Après six mois, j'avais abandonné tout espoir. Ils étaient simplement devenus des noms sur un fichier, des rendez-vous réguliers, des échecs acceptables, des rebuts fréquentables, des macchabées prévisibles.

Je n'aurais pas sauvé Billy Greenfield si j'avais croisé sa route plus tôt. Du reste, je n'en ai sauvé aucun. Et ça ne me pose pas de problème de conscience, vous savez.

Seulement voilà, Billy Greenfield avait eu l'idée saugrenue de mourir assassiné, une nuit où j'étais de garde. Il allait bien falloir que je m'occupe de son cas.

J'ai appelé Laura ce matin-là pour lui signaler de ne pas m'attendre pour le petit déjeuner. Je l'ai cueillie à son réveil, elle avait la voix encore toute pleine de sommeil, comme un léger mugissement. La voix de Laura, quand elle traîne comme ça, quand elle est dans la lenteur, elle est bouleversante, vous ne pouvez pas imaginer.

Je lui ai raconté la découverte d'un corps, sans entrer dans les détails. On peut avoir envie de commencer sa journée autrement qu'avec un fait divers. Elle n'a pas paru surprise. En réalité, elle était encore dans un semi-coma. Toutes mes paroles lui parvenaient amorties, amoindries. Quelquefois, il existe une diffraction légère entre ce qu'on énonce et ce que les gens entendent. Et les choses perdent considérablement de leur importance.

J'ai dit : « Je ne sais pas pour combien de temps on en a, ne m'attends pas, nous nous verrons ce soir. » Je me rappelle : je mettais beaucoup de douceur dans mes propos, ne voulant pas la brutaliser, m'adressant à elle comme à une personne qui sortirait à peine d'un traumatisme. Je la sentais lointaine. Et paisible.

Tout de même, alors que j'allais raccrocher, elle m'a interpellé. Et c'était comme si, d'un coup, elle remontait des profondeurs, revenait à la surface. Elle m'a dit : « J'ai senti le bébé bouger dans mon ventre, sur le coup de trois heures du matin. » Et à cette seule évocation, je me suis ramolli. J'avais sur le visage une nuit sans sommeil, sur les bras un cadavre, sur mes épaules toute la fatigue du monde mais je me forçais à tenir. Et là, d'un coup, j'ai plié les genoux, je me suis assis sur le rebord du bureau, j'ai eu envie de pleurer.

McGill m'a jeté un coup d'œil très bref. Il s'est étonné de ce soudain relâchement. À mon expression, il a compris que je n'avais pas reçu une mauvaise nouvelle. Il a eu envie de se moquer de moi, j'en suis certain, mais il m'a vu tellement attendri qu'il s'est retenu.

Laura a ajouté : « J'aurais tellement aimé que tu sois là. » Elle ne l'a pas dit sur le ton du reproche. Pas du tout. Au contraire, elle y a mis des tonnes d'amour. Elle aurait tant aimé que nous partagions ce moment. Que je pose ma main sur son ventre. Elle se sentait un peu privilégiée, un peu égoïste.

Je lui ai murmuré que je l'aimais. C'est la phrase qui m'est venue. Ce n'est pas une phrase que j'employais souvent. Parfois, on est submergé, les mots déboulent sans qu'on les commande. Et puis, après tout, pourquoi pas ? On a bien le droit de se laisser aller. McGill a tourné la tête, la conversation devenait trop intime.

Avant de raccrocher, j'ai juste ajouté : « Prends soin de toi. » Et il y avait tout ce que nous étions l'un à l'autre, dans ces mots tout simples.

J'ai regardé par la fenêtre. Le ciel était laiteux. Les immenses palmiers longeant l'avenue frissonnaient. C'était un peu de brise rapportée par l'océan. Mais la lumière ne tarderait pas à être limpide. Décidément, je connaissais par cœur ces matinées hésitantes qui faisaient des jours flamboyants.

McGill a posé à mon intention sur le bois usé du bureau un mug de café fumant et porté le sien à ses lèvres. J'appréciais sa discrétion et sa bienveillance. Il était plus âgé mais les diplômes avaient fait de moi son supérieur hiérarchique. Il avait accepté sans rechigner cette subordination. N'était pas du genre à discuter l'ordre des choses. Respectait les grades. Et, assez vite, il avait admis que je n'étais pas un mauvais flic. On s'entendait bien, lui et moi.

On a reparlé ensemble du pedigree de la victime. La prostitution, le trafic de shit, un casier médiocre. C'est lui qui m'a appris qu'on disposerait avant la fin de la journée des résultats de l'autopsie. Il n'en attendait aucune révélation. On nous confirmerait que le petit Greenfield avait été frappé à la tête par un objet contondant, que la mort était la conséquence de ses blessures, qu'elle était survenue aux environs de quatre heures du matin. Il espérait simplement que le relevé d'empreintes nous fournirait des indices précieux même si on se doutait que pas mal de mains s'étaient posées sur ce corps, sur ces vêtements. Les prostitués, par définition, ne manquent pas de fréquentations.

Je ne sentais pas McGill particulièrement inquiet. Les Irlandais de cinquante ans, après avoir été quelquefois sanguins dans leur jeunesse, sont souvent placides et confiants. Il n'échappait pas au genre. Avec son accent traînant, il répétait : « Les méchants finissent par se faire coincer. » Il n'avait pas tout à fait tort. Il comptait en l'occurrence sur les nombreuses caméras de surveillance placées sur les façades ou les palissades des villas du boulevard pour nous proposer un coupable indubitable. Ce n'était pas un mauvais calcul. Et qui sait si, en plus, des témoins ne se présenteraient pas spontanément pour nous raconter ce qu'ils avaient vu ? Il suffisait d'être patient.

Je ne partageais pas son optimisme. Pourtant, il y avait du vrai dans son analyse : de nos jours, il est très délicat d'échapper à la vigilance d'une caméra ou à l'efficacité, même laborieuse, des fichiers d'empreintes digitales. Mais quelque chose me murmurait que nous allions manquer de veine sur ce coup-là. Et que notre meurtrier serait plus difficile à pincer qu'on ne le supposait. Ce n'était qu'une intuition et j'avais trop peu de métier pour m'y fier. La suite allait néanmoins me démontrer que je ne me trompais pas.

Par la fenêtre, les nuages se déchiraient progressivement pour laisser toute la place à un ciel d'un bleu impeccable. Les palmes des arbres, déjà écrasées de soleil, s'étaient immobilisées. Pour la météo, en tout cas, j'avais un flair remarquable.

Certains jours, je me demande si j'aurais pu empêcher ce qui est arrivé. Je retourne marcher du côté de Venice Beach, le long de la plage. Les grosses vagues écumantes achèvent de rouler en mourant à mes pieds. Je regarde les gosses qui se lancent des frisbees, se jettent sur le sable pour les rattraper à temps, et ça fait des éclaboussures et ils se les renvoient sans même reprendre leur souffle. J'observe les surfeurs, qui remontent de l'océan, avec leur combinaison ouverte jusqu'aux hanches, on dirait des trompes d'éléphant de chaque côté, et ils sont ruisselants et épuisés, leurs cheveux sont jaunis par le soleil et par l'eau de mer. Je contemple l'alignement des motels, des restaurants, des boutiques, les parasols blancs, les planches recouvertes de sable, les fauteuils aux coussins cramés ou moisis, c'est selon. Et la silhouette vaporeuse du Sunset Terrace. Et je pense à tout ce qui est arrivé. Et je me demande encore et encore si j'aurais pu l'empêcher, et la réponse est non.

Il y a des choses qu'on ne décide pas. Des événements qu'on ne voit pas venir. Et quand ils se produisent ou sont au bord de se produire, c'est déjà trop tard. Il y a des chemins qu'on emprunte sans se douter du danger, tout a l'air calme autour, pourquoi on se méfierait, pourquoi on serait sur ses gardes ? Il y a des gens vers qui on va, sans les craindre, sans rien attendre d'eux, on est persuadé qu'on ne croisera plus jamais leur chemin et puis un jour, ils sont là, à nouveau, devant nous, et on est surpris mais pas inquiet, on leur tend la main, on accepte de prendre un verre, ou d'échanger une cigarette, ou de parler du temps qu'il fait, de la vie qu'on voudrait et voilà, on est mort sans s'en apercevoir. Il y a des moments de presque rien, des minutes ordinaires, on en a traversé des tas comme ça avant, mais un beau matin, c'est une fraction de temps pendant laquelle tout bascule. Des silences qui paraissent anodins, on n'éprouve pas le besoin de les remplir, on y est bien mais on appuie le regard un peu trop, on accroche ses yeux à l'autre une seconde de plus qu'il ne faudrait et ça remplit le silence d'un coup, on fait loger un destin dans ce silence. Non, je n'aurais rien pu empêcher.

Vous allez imaginer que je tâche de m'arranger avec ma mauvaise conscience, que je me cherche des excuses faciles mais vous seriez dans le faux. Je ne suis pas en train de me plaindre ou d'exprimer des regrets. Simplement, je dresse le constat de mon impuissance. J'ai été entraîné dans cette spirale sans le choisir réellement. J'ai plongé sans m'en rendre compte.

Pour sûr, à plusieurs reprises, j'ai eu la possibilité de m'en sortir et je ne l'ai jamais saisie. J'aurais pu m'en tirer, c'est évident, et je ne l'ai pas fait. Donc les dégâts, à la fin, je ne les dois qu'à moi. Seulement voilà, on ne lâche pas la main du type qui s'enfonce dans les sables mouvants. On tente de le dégager, au risque d'être englouti soi-même.

Et puis, aussi, quelquefois, les sables mouvants exercent une telle fascination qu'on ne leur résiste pas.

Un des gosses lance son frisbee dans la mauvaise direction, il vient s'échouer à mes pieds, je le ramasse et le tends à l'enfant qui me toise comme on s'éloigne d'un clodo ou d'un pervers. Et moi, je scrute l'innocence parfaite de l'enfant, sa pureté. Je scrute tout ce que j'ai perdu.

À l'heure du déjeuner, le jour du crime, McGill et moi nous sommes rendus au domicile de la victime. C'était Downtown, non loin du MacArthur Park, lieu habituel de rendez-vous des dealers et des gangs. Un coin franchement mal famé. Spontanément, je me suis demandé pourquoi le petit allait tapiner du côté d'Hollywood alors qu'il avait tout ce qui lui fallait là, juste en bas de chez lui. Il devait préférer s'envoyer en l'air avec des gens de la haute et s'endormir dans de beaux draps.

L'appartement était au quatrième étage sans ascenseur d'un immeuble en granit, dans une ruelle sans charme jonchée de poubelles. Des escaliers de pompier dégringolaient de la façade, des climatiseurs bon marché jouaient les équilibristes aux fenêtres, une concierge portoricaine tirait sur une cigarette en laissant des traces de mauvais rouge à lèvres sur le filtre.

Dans son casier, il était mentionné que Billy Greenfield était né à Pasadena. De Pasadena à Downtown, la trajectoire avait été courte. J'avais envie de croire qu'il avait grandi dans un quartier miteux, au sein d'une famille violente. Pour que la sensation de descente aux enfers soit moins accablante. Mais si l'enfance avait été heureuse, pourquoi diable était-il venu se jeter dans la gueule du loup ?

Nous avons cherché l'appartement 42. Le chiffre 4 s'était fait la malle, il ne restait que la trace grise de la colle. Nous n'avons pas eu besoin de forcer la porte : on avait ramassé les clés dans la poche de son jean. À l'intérieur, ça sentait le tabac froid, le sperme et la vaisselle sale. McGill est allé ouvrir la fenêtre, après avoir écarté des rideaux aux couleurs imprécises. Le soleil du dehors a dessiné un rai de poussière en suspension dans la pièce.

C'était une chambre minable : un lit défait, un évier, un réchaud, une table pliante où s'entassaient des canettes de bière, un tabouret en Formica, des fringues par terre, un poste de télévision, des cassettes vidéo dont une bonne partie avaient des jaquettes porno, des posters délavés de garçons dénudés et musclés punaisés aux murs. On aurait cherché en vain quelque chose qui ne colle pas avec ce qu'on avait imaginé.

Des collègues passeraient dans l'après-midi pour relever les empreintes. Nous nous contentions de renifler les lieux. McGill paraissait dépité. Il avait visiblement espéré que notre inspection nous fournirait des indices précieux, peut-être une piste sérieuse ou une idée géniale et ce n'était pas le cas. Espéré que le petit Greenfield dissimulait un secret et que nous pourrions le démasquer, simplement en fouinant un peu dans son quotidien et que cela nous conduirait directement à son assassin. Mais les petits mecs de vingt ans ont des existences ordinaires même lorsqu'elles sont lamentables ; et des secrets sans importance.

Tout de même, avec son œil de vieil habitué des perquisitions, il a repéré un petit carnet qui traînait au pied du lit, dissimulé aux trois quarts par les draps froissés. Il l'a ramassé, feuilleté rapidement avant de me le tendre. Je l'ai feuilleté à mon tour et glissé dans la poche de ma veste. Nous ne dénicherions rien de plus intéressant, il fallait se faire une raison.

Nous sommes ressortis de l'appartement. Tandis que nous arpentions le couloir, des cris de dispute ont éclaté derrière une porte. Un couple s'insultait en espagnol. Nous n'avons même pas pris la peine de ralentir le pas. L'air pollué de la ruelle nous a cueillis à la sortie de l'immeuble. La concierge tirait toujours sur une cigarette. Elle nous a adressé un regard venimeux. Nous l'avons saluée respectueusement.

L'après-midi du crime, j'ai fait un saut à la librairie. J'avais envie d'embrasser Laura. J'étais incapable d'attendre le soir pour la serrer entre mes bras. Ses mots tournaient dans ma tête : elle avait senti le bébé bouger dans son ventre. Je l'ai repérée entre deux rayons. Elle était affairée à ranger à leur place des livres empilés dans un caddie. Je l'ai observée quelques instants avant de me signaler. J'ai toujours aimé observer Laura sans qu'elle s'en rende compte. C'est beau, une femme qui ne fait pas attention, qui se coupe du monde, qui n'est concentrée que sur son geste.

Elle a souri quand elle m'a finalement aperçu au bout de l'allée. Il n'y avait pas d'étonnement dans son expression. Pourtant, je n'étais pas coutumier de ce genre de visite. La vérité, c'est qu'elle me connaissait bien, elle se doutait que j'étais triste de ne pas avoir été présent, au matin de la nuit de l'enfant, et que j'éprouverais le désir de réparer cette absence, de combler ce manque. Elle a compris, sans que j'aie besoin de m'expliquer, que j'étais juste passé en coup de vent pour l'enlacer, pour m'assurer qu'elle se portait bien, pour toucher son ventre. Et c'est ce que j'ai fait.

Elle ne m'a pas demandé de nouvelles de mon enquête, devinant que je lui en parlerais le moment venu. Elle a caressé ma joue, en signe de gratitude et pour témoigner sans grandiloquence son attachement. Nous étions des gens de peu de mots. Je l'ai laissée à ses livres. Elle m'a dit : « À ce soir. »

J'ai écrit : *La vérité, c'est qu'elle me connaissait bien*. La vérité, c'est qu'elle ne me connaissait pas tout à fait. Il me restait moi-même à découvrir une part demeurée jusque-là dans l'ombre.

Sur le chemin du retour, je me suis arrêté à une cabine téléphonique et j'ai appelé McGill. L'enquête progressait comme prévu. Les résultats de l'autopsie étaient conformes à nos attentes. Tout de même, le médecin légiste précisait qu'il y avait eu lutte avant le coup fatal. Ces deux-là, le prostitué et son assassin, s'étaient empoignés avant la chute de l'ange, le nez dans l'herbe parfaite. Beaucoup d'empreintes, ainsi qu'on le supposait, sur ses vêtements. On lançait les recherches afin de déterminer si certaines appartenaient à nos vieilles connaissances. McGill m'apprenait également que les parents du mort avaient été informés. Il s'était chargé de la sale besogne. J'avais estimé qu'un type de mon âge n'était pas qualifié pour annoncer une pareille calamité. Les policiers aguerris y mettent, en général, plus d'autorité et de distance résignée.

Je ferais la connaissance des parents le lendemain. McGill les avait convoqués. Il serait possible aussi d'interroger la femme qui avait découvert le corps. Je doutais qu'elle m'en apprenne plus que ce qui était consigné dans le premier rapport mais je me pliais à une sorte de procédure. L'Irlandais faisait le tour des villas avoisinantes pour récupérer les films des caméras de surveillance. On saurait rapidement s'il y avait quelque chose à en tirer. Enfin l'appel à témoins avait été émis. Personne ne s'était encore manifesté, il était sans doute trop tôt. Malgré mon peu d'expérience, je trouvais que tout ça avait le parfum rance de la routine.

J'avais gardé le calepin avec moi. Je songeais qu'on devrait toujours s'arranger pour ne pas mourir de mort violente avec un calepin bavard : c'est embarrassant pour ceux qui y figurent.

Je me préparais à lire la longue liste des noms classés sans ordre, sans la moindre logique sinon vraisemblablement celle du temps : les identités s'étaient ajoutées les unes aux autres à mesure. Certains noms avaient été rayés, des numéros corrigés, des adresses complétées. Il figurait ici ou là des signes qui n'avaient pour l'instant pas de sens pour moi : des étoiles, des chiffres qui ressemblaient à des codes.

Et puis, en feuilletant au hasard, je suis tombé sur ce nom : Jack Bell.

Objectivement, je n'ai pas fait le rapprochement tout de suite. D'abord, je n'étais pas un féru de cinéma. On peut fort bien arpenter les allées d'Hollywood et ne pas s'intéresser aux films, je vous assure. Ensuite, c'est un nom assez commun, Bell. En réalité, c'est l'adresse qui m'a mis la puce à l'oreille. 482, Maple Drive. Il faut être à l'abri des soucis d'argent pour s'offrir une adresse comme celle-là. Ça a demandé moins d'une demi-heure à McGill pour me confirmer que le Bell en question était bien le jeune acteur qui paradait à la une des magazines. Il a ajouté : « Les emmerdements commencent. » Il ne croyait pas si bien dire.

Je n'avais évidemment pas l'intention d'interroger tous ceux qui figuraient dans le calepin et j'aurais volontiers laissé ce Jack Bell de côté si deux indices ne m'avaient conduit à m'intéresser à lui de plus près : il habitait non loin du lieu du crime et surtout, à côté de son nom, étaient inscrits un jour et une heure : 15 juin,

7:00 pm. Soit neuf heures avant que le meurtre ne soit perpétré. Une visite de courtoisie au moins s'imposait.

J'ai jugé utile de me renseigner un peu avant de me pointer chez lui. Avec le recul, je suis disposé à admettre que je devais être un peu impressionné d'aller frapper à la porte d'une star. Sur le moment, j'aurais préféré être électrocuté sur la chaise plutôt que d'avouer une chose pareille mais McGill, à qui décidément on ne la faisait pas, a bien compris mes émois de midinette et mes prudences de Sioux à la seconde où je lui ai demandé de me faire un topo sur Jack. Il n'en a rien montré, évidemment. Seulement, à sa façon de baisser la tête dans un demi-sourire et de s'exécuter comme s'il s'agissait d'une mission secrète, je n'ai pas eu beaucoup de mal à deviner qu'il m'avait percé à jour.

Jack Bell, donc. Vingt-quatre ans. La nouvelle coqueluche de Hollywood. Deux blockbusters à la suite dans les six derniers mois. Des couvertures de magazines à n'en plus finir. Quelques frasques à la sortie des bars. Quelques rumeurs sur une chambre d'hôtel saccagée. Et des photos volées où on le reconnaît au bras d'une jeune mannequin, rousse et anorexique. Mais surtout, l'image parfaite du rescapé. Car avant d'en arriver là, le jeune homme avait été un adolescent star. Une apparition foudroyante dans une panouille pour teenagers, à l'âge de treize ans. Et puis, un second rôle dans un film devenu culte, l'année d'après. Mais quel second rôle ! Un personnage vénéneux et pervers d'ado faisant tourner la tête d'une vieille actrice pathétique, un objet d'adoration dans une histoire d'amour crépusculaire. Presque pas de dialogues mais une présence écrasante. Même moi qui ne vais pas souvent au cinéma, j'avais payé ma place et fait la queue au Chinese Theater pour ne pas rater l'événement dont tout le monde, et ma petite amie de l'époque en premier, m'avait rebattu les oreilles. Je l'avoue : le môme était fascinant. Et pourtant, après des débuts aussi fracassants, la suite n'avait pas été à la hauteur. Une superbe explosion en plein vol. Un troisième film, nanar du siècle et bide de l'année. Et, dans la foulée, la rubrique des faits divers dans les journaux du matin, lorsqu'il avait été trouvé le nez dans la poudre au milieu des débris d'une fête qui avait mal tourné, autour d'une piscine mal fréquentée. Aussitôt la déchéance. L'idole brûlée. La descente aux enfers. L'oubli. Jusqu'à une résurrection improbable, comme Hollywood en raffole, sept ans plus tard. On nous avait montré alors un jeune homme clean, réconcilié avec lui-même, refaisant des débuts modestes dans une production intello. Un passage dégoulinant de bons sentiments dans un talk-show à l'heure de la meilleure écoute avait achevé de convaincre le grand public des vertus du pardon. La suite s'était écrite presque trop facilement. Un succès, et puis un autre. Une publicité pour des jeans, histoire de fabriquer une nouvelle icône. Le tour était joué. L'étoile de Jack Bell brillait à nouveau au firmament.

Je n'étais pas persuadé d'accrocher avec ce type-là. Pour tout dire, je me sentais même plein d'une animosité sourde. Je n'ai rien contre les come-back, rien non plus contre les vedettes mais ça m'a toujours énervé quand les ficelles sont trop grosses.

Les parents de Billy Greenfield sont entrés dans mon bureau, lentement, précédés par un McGill penaud. J'ai découvert un couple plus âgé que je ne l'avais imaginé – Billy était arrivé sur le tard, probablement comme un accident –, ils étaient déboussolés comme des gens ordinaires qu'on a précipités dans une aventure plus grande qu'eux, plus grande que leur propre entendement. Ils jetaient des coups d'œil effrayés et affolés, comme s'ils voyaient le monde pour la première fois. Je leur ai tendu la main et il leur a fallu quelques secondes avant qu'ils s'en saisissent, ils ne comprenaient pas ce que je leur voulais. Je me suis présenté et ils ont décliné leur identité, oubliant que je la connaissais puisque je les avais convoqués entre ces murs. Je les ai conviés à s'asseoir et ils hésitaient, redoutant peut-être qu'il s'agisse d'un traquenard. McGill leur a proposé un café, qu'ils ont refusé aussitôt et dans un même élan : ils avaient peur de déranger. J'étais tenté de leur rappeler qu'ils n'étaient coupables de rien, qu'ils n'avaient à s'excuser de rien, que leur deuil les protégeait de tout, mais je sentais que ce genre de parole était absolument inutile. J'ai engagé l'interrogatoire sans transition.

Lui portait une chemise fermée au col, repassée impeccablement. Il tenait ses mains posées bien à plat sur ses cuisses tandis qu'il s'adressait à moi. Il avait son dos bien droit contre la chaise. Il veillait à trouver les mots exacts et réfléchissait plus que de raison, même pour répondre aux questions les plus simples. Elle était vêtue d'une robe à fleurs bleu et rose, dans des tons pastel ou délavés. Elle avait rafraîchi sa mise en plis, comme elle le faisait vraisemblablement pour les grandes occasions. Elle ponctuait toutes ses phrases d'un « lieutenant », paraissant révérer l'autorité que me conférait mon titre. J'aurais pu lui expliquer qu'elle n'était pas obligée de témoigner une pareille soumission mais, là encore, j'ai supposé que ma remarque l'aurait offusquée.

Très vite, j'ai saisi que je n'aurais rien à apprendre d'eux, je veux dire : rien qui soit susceptible de faire avancer l'enquête. Leur fils avait quitté l'appartement de Pasadena à l'âge de seize ans. Ils ne l'avaient pas revu pendant deux ans. Il ne leur avait donné aucune nouvelle. Ils s'étaient inquiétés, bien sûr, s'étaient même « morfondus », mais « qu'est-ce qu'on peut faire, hein, quand les enfants s'en vont sans laisser d'adresse ? ». Et puis, Billy était réapparu l'été de ses dix-huit ans. Il arborait un sourire éclatant, une moto flambant neuve et des fringues qui ne cadraient pas avec son oisiveté. Il n'avait pas cru bon d'expliquer cette soudaine fortune. Et eux avaient jugé préférable de ne rien lui demander. Ils s'étaient quittés au bout de deux heures, lui rassuré, elle encore plus inquiète. Les mères perçoivent immanquablement les désastres vers lesquels leurs fils courent à bride abattue.

Au printemps suivant, Billy était repassé à Pasadena. Il en menait beaucoup moins large, cette fois. Il n'avait plus que la peau et les os. Son visage s'était émacié, ses bras étaient maigres, et ses yeux cernés de noir. Les parents ont proposé leur aide, il les a envoyés se faire voir en enfer, il se débrouillerait sans eux, « comme il l'avait toujours fait ». Ils sont restés debout sur le devant de la maison avec leur impuissance et leur chagrin. Ils ont regardé leur fils grimper dans le bus, sans comprendre pourquoi il était venu jusqu'à eux. Ils ne l'ont jamais revu vivant.

La mère, en achevant son récit, a simplement ajouté, comme se parlant à elle-même : « C'était peut-être sa façon de nous dire au revoir. Même s'il prétendait qu'il allait se refaire, je voyais bien qu'il était sur la mauvaise pente et il le savait. » Elle, qui avait identifié à la morgue le corps contusionné et inerte de son fils, a tourné les yeux vers moi : « Lieutenant, est-ce qu'on devine qu'on va mourir ? » Je n'ai rien répondu.

McGill a raccompagné les parents de Billy Greenfield et j'ai évité de méditer sur les existences chaotiques qui finissent prématurément. J'avais rendez-vous avec Jack Bell.

Il aurait été franchement difficile de rater les deux caméras braquées sur moi lorsque j'ai annoncé mon nom à l'interphone inséré dans une des colonnes de faux marbre d'assez mauvais goût qui encadraient un portail blanc. Je n'ai pas souri à l'objectif, pas exposé l'objet de ma visite, on savait qui j'étais de toute façon, on m'attendait, m'a-t-on spécifié. Le portail s'est ouvert, je me suis faufilé, et il s'est refermé aussitôt. J'ai supposé qu'une main humaine était chargée de l'actionner. Imaginé un molosse, portant lunettes noires. Je me répétais : c'est Hollywood.

Il fallait gravir une allée bordée d'eucalyptus et d'orangers. Le jardin n'était pas immense mais assez charmant. Il a un peu dissipé ma première impression. Aucun bolide clinquant n'encombrait le chemin. J'étais plutôt heureux qu'on m'ait évité pareille ostentation. Mais cette discrétion n'était peut-être qu'un hasard.

En haut de l'allée, derrière les arbres, j'ai découvert la maison. Une demeure cossue mais pas extravagante. On était chez les riches, ça ne faisait aucun doute mais pas chez les parvenus, ou alors on cachait bien son jeu. La porte s'est entrebâillée et, en guise de molosse, une gouvernante d'une cinquantaine d'années, habillée de gris et de blanc, est apparue avec un sourire affable et fatigué. Il m'a semblé qu'elle glissait un peu d'accent portoricain dans l'énoncé de mon nom. J'ai su par la suite que mon oreille ne m'avait pas trompé.

J'ai pénétré dans la maison, la gouvernante m'a accompagné jusqu'à un salon aux dimensions impressionnantes, proposé un verre que j'ai poliment refusé et prié de patienter, « Mr. Bell n'allait pas tarder ». Je me suis demandé si, toutes proportions gardées, je ne ressemblais pas à la mère de Billy Greenfield lorsqu'elle avait franchi la porte de mon bureau. J'ai fait sans bouger le tour du propriétaire : mobilier contemporain, plutôt sobre, pas de dorure ou de rococo, pas de lustre imposant ni de cheminée gigantesque, pas de peinture démesurée ni de sculpture dénudée, non, juste des canapés beiges, une table en verre poli, des fleurs fraîches dans des vases qui n'étaient pas tarabiscotés et, hélas, un mur d'écrans de télévision.

Derrière la baie vitrée, se déployait une terrasse qui s'achevait en piscine. J'ai aperçu une fille en maillot de bain, maigre et rousse, qui enfilait un peignoir de bain et s'éclipsait. Je me suis rappelé les couvertures de magazines. J'en étais là de mes observations lorsqu'il s'est présenté devant moi, Jack Bell. J'ai sursauté mais je crois que ça ne s'est pas vu. Je l'ai trouvé moins flamboyant que sur les photos.

Il était hirsute, comme quelqu'un qui sort du lit, il avait les yeux gonflés, ne s'était pas rasé mais je me méfiais en songeant qu'il avait peut-être passé des heures devant un miroir pour se fabriquer cet air négligé. Il m'a serré la main en baissant la tête, a décliné son identité, ce qui m'a plutôt disposé en sa faveur. Il n'en avait pas besoin. De décliner son identité.

Il m'a invité à m'asseoir et s'est installé dans le canapé en face du mien. Il portait un jean déchiré aux genoux. Je ne sais pas pourquoi, pendant quelques instants, je n'ai pas pu détourner mon attention de ses genoux. L'homme faisait moins jeune que je ne l'avais imaginé. Il n'était tout simplement plus l'adolescent de mes souvenirs. L'écart entre nous n'était pas si grand. Six ans.

Il a pris un paquet de cigarettes qui traînait sur la table disposée entre nous deux, me l'a tendu. J'ai décliné son offre, précisé à toutes fins utiles que la fumée ne me dérangeait pas, mais il a reposé le paquet sans y puiser. J'ai fixé son visage et annoncé d'une voix assez calme : « Je suis venu vous parler de Billy Greenfield. »

À l'instant précis de notre rencontre, je veux dire : lorsqu'il a été là, devant moi, dans le matin du monde, avec sa beauté fracassante et ensommeillée, et son air de survivant, il ne s'est produit aucun déclic, je le jure. Il est tentant, je suppose, d'imaginer que tout s'est joué en une fraction de seconde, que tout a basculé sur un premier regard, ou sur une poignée de main, mais non.

Évidemment, tout commence à ce moment exact, le processus s'enclenche, celui que nous n'arrêterons pas mais comprenez que nous sommes dans l'ignorance de cet enclenchement, dans une parfaite innocence ; l'ingénuité. Nous ne savons pas que nous venons de mettre la main dans l'engrenage qui va nous dévorer. Il est trop facile de réécrire l'histoire après coup. Moi, je m'en tiens à la vérité, elle n'a pas besoin de surenchère.

Et, de toute façon, comment aurions-nous pu deviner ? Ça venait de trop loin, cette chose-là, de trop loin pour nous. Si on nous avait expliqué ce qui allait advenir, nous n'y aurions évidemment pas cru. Nous aurions souri, ou nous nous serions mis en colère mais, en tout cas, nous ne l'aurions pas admis. Ça dépassait notre entendement. Ça n'entrait pas dans nos schémas, dans nos certitudes. C'était au-delà de la raison, au-delà de l'intelligence.

J'ai entendu ce reproche : le refus d'assumer, le déni. Je veux bien l'endosser. Je ne suis probablement pas exempt d'un tel reproche. Mais, ce 17 juin 1990, il ne s'agissait pas de ça. On ne dénie pas ce qu'on ne connaît pas. Un point, c'est tout.

En fait, Jack a compris le premier. Il avait de l'avance sur moi, voilà pourquoi. Sa vie jusque-là l'avait préparé mieux que moi. Il savait ce que c'était, le trouble, les questionnements, les secondes de vérité, les ruptures, les fractures, les bouleversements, tout ça, quoi. Mon existence à moi était rectiligne et avançait à son rythme, sans précipitation. J'ai des excuses.

Ce mot sera mal compris, *excuses*. Je m'en fiche. Maintenant, je m'en fiche. Je n'ai pas parcouru tout ce chemin, abdiqué toutes mes croyances, affronté toutes ces tempêtes pour être rongé encore par la culpabilité.

Que je vous dise enfin : je ne me remémore pas si nettement ce premier contact. Bien sûr, je suis capable de reconstituer la scène. C'est mon métier aussi, une déformation professionnelle si vous préférez. Je me remémore à peu près mon état d'esprit. Mais je n'ai pas conservé le souvenir d'une émotion particulière, ou d'un malaise, ou d'un vertige. C'est bien la preuve de ce que j'avance.

Le vertige, c'est arrivé plus tard.

Je l'ai rassuré : « Il s'agit d'une visite de routine au sujet d'un meurtre qui vient de se produire, vous n'êtes pas témoin et, bien sûr, encore moins suspect, simplement votre nom figure sur un carnet que la victime portait sur lui, il est donc nécessaire que je vous interroge. » Il a répondu : « Je suis à votre disposition », comme on le déclare dans les feuilletons à la télévision, avec un air pénétré. Dès qu'il s'est tu, ses mâchoires ont déformé légèrement ses joues. Je n'en ai rien déduit. Il n'est naturel pour personne de répondre aux questions d'un flic surtout quand il trimballe un cadavre avec lui.

J'ai attaqué : « Ce nom, Billy Greenfield, vous dit quelque chose ? » Il a laissé passer quelques secondes, comme s'il fouillait dans sa mémoire, sa tête n'avait pas bougé mais ses yeux étaient levés au ciel. Il a fini par lâcher : « Non, lieutenant, je crois n'avoir jamais entendu parler de lui. » Le mouvement des mâchoires a de nouveau aminci son visage.

J'ai feinté : « La victime, elle, devait vous connaître, en tout cas, puisqu'elle disposait de votre numéro de téléphone. » La réponse a fusé : « Beaucoup de gens font des pieds et des mains, vous savez, pour dénicher ce genre d'informations, les journalistes, les fans, par exemple. Vous n'imaginez pas les coups de fil importuns que je reçois, de la part de personnes que je n'ai jamais rencontrées. » L'explication me semblait plausible. Ce qui me gênait, c'est qu'elle semblait récitée, comme si elle avait été préparée. Toutefois, je n'envisageais pas de donner une importance exagérée à ce genre de détails. Il me fallait m'en tenir, pour l'heure, aux déclarations.

J'ai enchaîné « sans me départir d'une ostensible neutralité » (l'expression favorite de McGill) : « En tout cas, vous me confirmez que vous n'aviez pas rendez-vous avec Billy Greenfield, avant-hier, à sept heures du soir ? » Il a rétorqué, « sans se départir » d'un flegme très travaillé : « Je vous le confirme. » J'ignorais si nous jouions au chat et à la souris mais ça m'en avait tout l'air.

J'ai baissé la voix : « Pardon de vous poser ma question de manière un peu brutale mais avez-vous déjà fréquenté de près ou de loin des prostitués ? » J'avais fait exprès d'employer un mot qui, à l'oreille, soit également masculin et féminin. Il s'est raidi et est parti aussitôt d'un rire forcé qui a renversé son corps en arrière. Il a articulé : « Non, lieutenant, j'ai tout ce qu'il me faut. Je ne veux pas vous paraître immodeste mais je n'ai pas besoin de ce genre... d'artifice pour avoir de la compagnie. » J'ai acquiescé : « Oui, bien sûr, je comprends. » Et je me suis rappelé la rousse anorexique de la piscine.

J'ai poursuivi : « Consommez-vous des stupéfiants ? » Il a répliqué : « Si je réponds oui, vous me bouclez ? » Et moi : « Non, promis, ça restera entre nous. » Il a avoué : « Alors la réponse est oui. Mais je ne me fournissais pas auprès de ce Mr. Greenfield. » J'ai précisé : « Je ne crois pas vous avoir indiqué qu'il en était fournisseur. » Il a ramassé le paquet de cigarettes sur la table et s'en est allumé une. Je l'ai vu mettre sa main devant le briquet, comme pour protéger la flamme d'un courant d'air. Je me suis demandé si l'autre main, celle qui avait disparu à ma vue et tenait le briquet, oui, si cette main-là tremblait.

Il a encastré ses yeux dans les miens. Il y passait une dureté mêlée de douleur. S'en voulait-il d'avoir peut-être trop parlé ? M'en voulait-il de l'avoir, sans le chercher vraiment, piégé ? Sur le moment, je n'ai pas compris qu'il était déçu par mon réflexe de flic. Il m'a avoué, bien plus tard, qu'il m'espérait déjà tout autre. Nous ne nous situions pas sur le même plan.

J'ai lancé : « Je ne vais pas vous déranger plus longtemps. Vous voyez, c'était juste une visite de routine. » Et je me suis levé d'un bond. Il a été surpris par ma brusquerie, par la brièveté de notre entretien. Il s'est levé avec un temps de retard. Il a marmotté : « C'est tout, vraiment, ce que vous souhaitiez savoir ? » J'ai acquiescé d'un hochement de tête et tendu la main pour prendre congé. Une fois de plus, il a réagi à retardement. Il était visiblement décontenancé. Pensait-il que ma précipitation dissimulait un soupçon ? Il a proposé : « Je vous raccompagne. » J'ai décliné : « Ce n'est pas la peine. Je retrouverai mon chemin. » Je l'ai planté au milieu du salon. Je me demande encore pourquoi.

Ce soir-là, tandis que je claquais à peine derrière moi la porte de notre appartement, j'ai appelé Laura, crié son prénom, elle m'a répondu un « je suis là » qui émanait de la cuisine, je l'y ai rejointe, elle s'affairait autour de l'évier, je me suis plaqué contre son dos, j'ai enroulé mes bras autour de sa taille, arrimé mes mains à ses flancs et l'ai enlacée longtemps. Cette tendresse l'a surprise, elle n'y était pas accoutumée. J'ai enfoui mon visage dans son cou, je ne disais rien, je la sentais tendue entre mes bras, elle persistait dans son étonnement. Elle devait supposer que mon enquête me préoccupait et que je ressentais le besoin de me vider l'esprit. Dans les étreintes, il y a tout ce qu'on abandonne.

Nous avons dîné de pâtes. Laura faisait très bien la pasta. Atavisme italien, sans doute. Je me doute que je ne devrais pas dire un truc pareil. Sauf que ses pâtes étaient vraiment phénoménales. Oui, faut-il avoir des origines italiennes pour posséder un don pareil ? Nous avons bu du mauvais vin. Laura n'était pas douée pour choisir le vin et c'était devenu un sujet de plaisanterie entre nous. On aurait juré qu'elle déployait des efforts considérables pour dénicher le plus imbuvable de tous. Nous avons plaisanté de ces habitudes charmantes que nous prenions. Je ne lui ai pas parlé de Jack. Quand j'y songe, nous vivions nos derniers moments d'insouciance.

Nous avons fait l'amour. J'aimais à la folie le corps de ma femme. Sa peau incroyablement douce, la pomme de ses seins, le cambré de ses reins, ses gémissements. Avant elle, j'étais un amant maladroit et pressé. Elle m'a appris la lenteur et l'attention à l'autre. J'ignorais que ses leçons me serviraient autant.

Au matin, je me suis éveillé avec l'obsession de l'enquête. Il n'y avait pourtant pas de quoi paniquer. Jusque-là, tout se déroulait dans les règles de l'art. Nous avions agi comme il se doit. À l'école de police, on aurait pu être fier de me voir suivre si fidèlement les principes qu'on m'avait enseignés. Seulement, nous ne progressions guère. Et je commençais à craindre de manquer de l'élément qui donne tout son sens au puzzle. Laura a perçu cette appréhension, et posé sa tête contre mon torse. A-t-elle également perçu l'accélération des battements de mon cœur ?

Je l'ai embrassée sur le seuil. On ne l'attendait à la librairie que vers dix heures, elle avait encore un peu de temps devant elle. Je l'ai laissée dans ce parfum étrange des femmes provisoirement oisives. Elle m'a souri en refermant la porte.

Sur le chemin du boulot, j'ai observé les hauteurs de la ville, essayé de deviner, enfouies au creux des palmeraies, les villas en bois blanc et je me suis souvenu de l'allée bordée d'eucalyptus qui conduisait à la maison de Jack. J'avais envie d'y retourner mais aucun motif pour le faire. Il fallait chasser cette idée de mon esprit.

Lorsque je suis arrivé au commissariat, McGill m'attendait. Il a posé machinalement un mug de café sur mon bureau et lancé, sans me regarder, comme s'il ne voulait pas entrevoir ma réaction, ou comme s'il la connaissait déjà : « Jack Bell a appelé. Il a un truc à te dire. Il a demandé s'il pouvait te revoir. J'ai dit oui. »

Certains jours, il me manque tellement que c'est à peine supportable. Je me réveille avec des crampes dans l'estomac, ça fait comme des brûlures, une envie de vomir, je me précipite dans la salle de bains, je peux passer un quart d'heure la tête encadrée dans la lunette des chiottes, les yeux rivés sur les parois blanches et l'eau stagnante, attendant que ça sorte et ça ne sort jamais, sauf les larmes parfois. Oui, il arrive que des larmes viennent s'écraser contre les parois, je ne fais rien pour les arrêter.

Et si on me voyait dans ces moments-là, à poil, recroquevillé sur le lino de la salle de bains, absolument vaincu, l'image de la défaite, de l'écrasement, comment réagirait-on ? Aurait-on pitié de moi, dans cette position lamentable, viendrait-on me secourir, me saisir par les aisselles pour me relever, me remettre debout ? Ou au contraire serait-on embarrassé par cette déliquescence, tout en estimant que je n'ai que ce que je mérite, après tout ? Et me laisserait-on là, seul et misérable, dans cet avachissement, avec des frissons parcourant tout le corps, seules preuves que je suis encore vivant ?

Je finis par me redresser. Cela exige des efforts surhumains. J'ai l'impression que ma carcasse pèse des tonnes. Je m'accroche au lavabo, m'amarre à l'émail ébréché et relève lentement la tête. J'aperçois alors mon visage dans la glace de l'armoire à pharmacie. Je m'oblige à cette confrontation avec moi-même. Je n'esquive pas. Je me sais pitoyable et je le constate. Je vois les traits fatigués, la vieillesse prématurée, les joues parsemées de barbe, les cheveux gras qui collent aux tempes et je me demande comment Jack a pu aimer ce visage-là un jour, comment il a pu y déposer des baisers.

Je retourne dans la chambre, j'ouvre les rideaux pour faire entrer le soleil du matin, je remonte la fenêtre. Quelquefois, un voisin me surprend et détourne le regard. Il s'agit vraisemblablement d'un réflexe de pudeur ou tout simplement d'un geste d'indifférence et pourtant, je ne peux pas m'empêcher d'y déceler du dégoût.

Je traîne une heure ou deux sans m'habiller, croisant ma nudité dans le reflet de la fenêtre. Je n'aime plus mon corps. Il n'a pas tellement changé cependant. C'est toujours la même maigreur blanche. Mais il ne m'appartient plus. Il n'est plus à personne depuis qu'il n'est plus à lui.

Les jours où j'ai vraiment mal, je vais jusqu'à ouvrir le tiroir de la commode où sont entassées des photos de Jack. Je les feuillette jusqu'à la nausée. D'abord, je les trouve fausses. Je veux dire : elles ont immobilisé quelque chose de lui qui n'était pas lui, elles sont une imposture. Et puis, je suis content d'être un des seuls en mesure de détecter cette imposture, de connaître la vérité derrière la mystification. Je scrute les clichés et je me rappelle l'affolement parfois de son regard, le frémissement de ses narines, la légère ouverture de ses lèvres, le battement de la veine à son cou, le rebond de sa pomme d'Adam, la rondeur de ses épaules, l'étreinte de ses bras. Les photos ne captent pas cela, elles le suggèrent de temps en temps, il leur manque l'épaisseur, la sensualité. Je referme le tiroir d'un coup sec. J'enfile un jean et un tee-shirt sans prendre la peine de me doucher. Je vais courir sur les montagnes russes de Venice Beach.

McGill était déçu. L'enquête n'avançait pas aussi rapidement qu'il l'aurait souhaité. Nous avions effectué de bons débuts, en vrais pros mais la chance, ainsi que je le craignais, ne volait pas à notre secours. Toutes les vidéos qui avaient été collectées dans les villas avoisinantes et visionnées par les équipes ne donnaient rien. On n'y voyait que des plans fixes interminables, ou les allées et venues de voitures et de camions de livraison, ou les pas saccadés ou lents de piétons anonymes. Mais pas le moindre meurtre. Pas la plus petite agression. C'était à désespérer de Los Angeles. Aucun témoin ne s'était spontanément présenté et nous envisagions sérieusement de proposer une prime dans le but de déclencher d'éventuelles vocations ou de rafraîchir certaines mémoires. Enfin, les interrogatoires menés auprès des collègues de Billy n'avaient pas permis de collecter des informations nouvelles. On nous parlait d'un garçon gentil, un peu foutraque, un peu cyclothymique. On disait : « Il était adorable, un ange tombé du ciel, et toujours prêt à rendre service. » On nous disait aussi : « C'était un vrai emmerdeur, et un paratonnerre pour les calamités. » Et sans doute, ces deux portraits, a priori contradictoires, se complétaient-ils. Cela dressait un profil psychologique, probablement non négligeable, mais sans nous aider à avancer dans notre enquête. On aurait juré que ce mort n'intéressait personne.

Et moi, bien sûr, cette apparente désaffection me rendait Billy sympathique. Je me suis senti en empathie avec le paria, l'irrécupérable dont tout le monde se fichait manifestement. Je me suis dit : on ne va pas le laisser comme ça, pas classer son affaire, simplement parce que personne ne prend la peine de lui consacrer le temps ou l'attention que sa disparition exige. McGill partageait mon point de vue. Mais pour d'autres raisons : il n'aimait pas qu'on se démène pour rendre la justice lorsque des riches étaient, d'une manière ou d'une autre, impliqués et qu'on reste inerte lorsqu'un pauvre type était passé à la casserole. C'était son rêve secret d'une justice égalitaire. Il déchantait souvent mais ne se décourageait jamais.

Nous avons donc décidé de réentendre certains des garçons qui officiaient dans les rues obscures adjacentes à Hollywood Boulevard. Il nous fallait être certains que nous n'étions pas passés à côté d'un détail important, d'un témoignage utile. Alors nous avons fait défiler devant nous le cheptel de la misère. Ou nous sommes allés sur place pour voler quelques instants à des oiseaux de nuit. Je me souviens de tous ceux-là : les adolescents mal grandis, les habitués des salles de musculation, les folles flamboyantes, les travelos encombrants, les blacks gigantesques, les chicanos aux yeux de biche. Je me souviens de leurs accoutrements : les jeans déchirés, les pantalons de cuir, les débardeurs, les robes à fleurs, les bandanas dans la poche arrière, les décolletés plongeants sur des torses plats et épilés, les shorts moulants. Je me souviens de leurs réactions : les exclamations, les borborygmes, les silences butés, les mensonges éhontés, les trahisons minables, les aveux alambiqués, les crachats à nos pieds. Je m'efforçais de ne rien laisser paraître tandis que mon partenaire, lui, n'avait besoin d'accomplir aucun effort : la fréquentation assidue des voyous, des proxénètes, des trafiquants lui assurait un détachement royal, une placidité admirable. À la fin, nous avons, malgré tout, dû convenir que nos investigations ne s'étaient pas révélées très efficaces.

En rentrant au poste, McGill m'a dit : « Il paraît que, dans dix ans, quand on aura changé de siècle, tout sera plus facile, la police aura fait tellement de progrès que les coupables ne pourront plus nous échapper. On raconte ça dans les hautes sphères et dans les films. Mais moi, je n'y crois pas tellement. » Je n'ai pas jugé bon de donner mon avis, je n'en avais pas.

Et puis, il m'a rafraîchi la mémoire : je devais appeler Jack Bell. Je lui ai assuré que j'avais oublié. C'était faux, évidemment, et il le savait.

« Je voulais vous revoir, lieutenant, parce que je ne vous ai pas dit toute la vérité, l'autre jour. » Je n'avais pas encore eu le temps de m'asseoir dans un des canapés beiges. Lorsque je m'y suis finalement enfoncé, j'ai relevé la tête pour scruter le visage de Jack Bell. Il avait l'air penaud du gamin qui vient de se faire piquer en équilibre sur une chaise les doigts dans un pot de confiture. Ou plutôt de l'adolescent à peine pubère que sa mère découvre entouré de revues porno en train de se masturber dans sa chambre. Et je le confesse, il m'a ému, ce garçon-là. J'avais horreur pourtant qu'on me mène en bateau et je ne perdais pas de vue que le faux témoignage constitue une infraction grave, mais j'ai éprouvé pour le menteur, à cet instant précis, une faiblesse coupable. Et si tout était parti de là ? Et si, en m'interdisant le premier reproche, je m'étais interdit tout jugement jusqu'à la fin ?

« Je prendrais bien une bière, si vous en avez une. » Il m'a dévisagé, se demandant certainement si je me moquais de lui ou si j'étais un limier tellement fin que sa révélation ne m'étonnait pas du tout. Il est resté interdit quelques secondes avant de se diriger vers le bar. Il en a rapporté deux bières fraîches. Comme je déclinais le verre qu'il me tendait, nous sommes convenus tacitement que nous les boirions directement à la bouteille. On était entre hommes. C'était peut-être risible.

« Vous n'avez pas l'air surpris. » Il avait besoin de savoir. Savoir si j'en avais sous le pied. Si mon interrogatoire de la dernière fois n'était qu'un leurre ou une manière d'appâter. Si j'avais reçu des informations à son sujet dans l'intervalle. Il paniquait et cette frayeur enfantine le rendait encore plus touchant. J'aurais pu me réjouir secrètement du vacillement de l'idole mais je n'ai jamais été travaillé par ce genre de fantasme.

Sa chemise était ouverte sur un poitrail imberbe et j'étais vaguement troublé, sans être capable évidemment de mettre un mot sur ce trouble. Tout de même, en cet instant, me sont revenues en flash aveuglant les images des garçons du trottoir. Si j'avais décidé de ne pas manquer de discernement, j'aurais sans doute mieux compris mon malaise de la veille.

« Détrompez-vous. Je suis surpris. Mais on me reconnaît une grande capacité d'adaptation à l'imprévu. » Je ne répugnais pas à jouer, de temps à autre, les flics désabusés, de ceux qu'on entend s'exprimer en voix off dans les films noirs des années cinquante, avec une fatigue pleine de cigarette. Je ne me rendais pas compte qu'à ma façon, je venais d'entamer une parade amoureuse. J'avais envie de plaire à ce type-là. J'aurais dû le mépriser ou l'ignorer. Et cependant, je cherchais, de fait, à établir un lien avec lui.

« J'ai fait la connaissance de Billy Greenfield au printemps 89. Il traînait dans une réception gigantesque donnée par un de mes amis autour de sa piscine, à Bel Air. Il était le gigolo d'un des invités, si mes souvenirs sont exacts. Il devait avoir dix-huit ans. Il avait l'air de s'ennuyer au milieu des arbres exotiques, des parasols et des filles en maillot de bain. Je ne sais plus comment nous en sommes arrivés à nous parler. Toujours est-il que j'ai compris qu'il pouvait me fournir de l'herbe. C'était facile, j'ai dit oui, voilà. »

Voilà. Il avait débité sa tirade d'un seul trait, sans reprendre son souffle. Honnêtement, il était meilleur acteur au cinéma. Cependant, sa maladresse témoignait, à sa manière, de sa sincérité. Il n'en menait franchement pas large. Je n'avais pas de raison valable de douter de la véracité de ses propos.

« Et la mémoire vous est revenue d'un coup ? » Il fallait bien que je me montre caustique et un peu méchant, et soupçonneux. Sans quoi les rôles n'auraient pas été correctement distribués. Au commencement, j'ai sauvé les apparences.

« Non, je vous ai délibérément menti. » Avec cet aveu, il a gagné un nombre considérable de points. S'il avait biaisé, tourné autour du pot, j'aurais été tenté de lui faire passer un sale quart d'heure. Il ne faut pas rechigner à un semblant de brutalité avec ceux qui se foutent de nous. Mais sa franchise arrogante m'a paru rafraîchissante, et charmante. Il m'avait « délibérément menti ».

« Je peux savoir pourquoi ? » Je posais la question presque par routine, comme quelqu'un que la réponse indifférerait. Je posais la question dans le seul but qu'on ne me reproche pas mon absence de curiosité. Cependant, je sentais confusément que nous venions de basculer dans autre chose et je n'aurais pas été fichu de dire dans quoi.

« On a toujours un peu peur quand un policier vient nous interroger, surtout quand il nous annonce un meurtre.

— Vous avez peur de moi ?

— Non. »

Quand j'y songe, je dois admettre que Jack m'a menti beaucoup et longtemps. Je pourrais lui en vouloir de m'avoir baladé mais je n'y arrive pas.

D'abord, je lui trouve des excuses. Il ne savait rien de moi, sinon que j'étais flic. Pourquoi m'aurait-il fait confiance ? Et pourquoi m'aurait-il révélé ce qu'il pouvait raisonnablement espérer ne jamais voir découvert ? À sa place, j'aurais fait pareil. Un enfant qui a commis une grosse bêtise ne va pas confesser spontanément sa turpitude à ses parents, au contraire il la dissimule le plus longtemps qu'il peut, en espérant qu'elle ne sera jamais percée à jour. Et quand elle l'est, son premier réflexe est de nier sa culpabilité. Et quand cette culpabilité ne prête guère à discussion, il se contentera de lâcher un peu de lest, s'entêtant parfois contre l'évidence, mais convaincu d'avoir agi comme il convenait puisqu'il a consenti à revenir sur une partie de ses dénégations initiales. Jack était un enfant.

Ensuite, il entrait sans doute aussi une part de calcul dans ses aveux au compte-gouttes. Jack escomptait que ces scrupules, certes parcellaires, seraient portés à son crédit. En lâchant quelques informations, il visait, en réalité, deux objectifs : détourner les soupçons de lui en démontrant qu'il était disposé à parler alors qu'on ne lui demandait rien et s'attirer les bonnes grâces de la police au cas où les choses finiraient par tourner vraiment mal. C'était plutôt bien vu. Un type qui a quelque chose à se reprocher ne sollicite pas un nouveau rendez-vous avec les autorités, il reste peinard dans son coin en attendant que l'orage passe. S'il se manifeste, c'est qu'il est innocent de tout. Ou abruti. Jack n'était ni l'un ni l'autre. Il était peureux et pervers.

Mais surtout, il avait envie de me revoir. Et ça, je ne l'avais pas encore compris.

Les flics sont pervers, eux aussi. Et assez fréquemment paranoïaques. Pour eux, un quidam se confiant à la police peut tout à fait être un bluffeur de première. Du coup, ils n'excluent jamais qu'il se mette à table dans le but d'échapper aux soupçons. Je sais, c'est un peu difficile à suivre mais les murs de mon bureau ne seraient pas assez grands pour recopier les noms des manipulateurs en tous genres de cette ville pourrie de l'intérieur.

Ce que je retiens, c'est que les aveux partiels ont été pour Jack l'occasion d'obtenir un nouveau rendez-vous avec moi. Sans doute s'agissait-il d'une démarche inconsciente au départ. Mais assez vite, il a su ce qu'il faisait. Il était lui-même effrayé par sa propre audace, par cette façon, provocante, de se jeter dans la gueule du loup. Il était surtout effrayé de déchiffrer peu à peu les raisons de son comportement. Oui, il a été submergé par la trouille. Ça ne l'a pas arrêté pour autant.

J'étais le loup. Mais comment a-t-il deviné que j'allais me refuser à le dévorer ? Comment a-t-il vu cela sur moi ? Ça débordait donc tellement sans que moi-même je m'en rende compte ? Ou alors il avait le goût du risque, le sens du pari. Ou un désespoir sans fond, des tendances au suicide. Non, pour être franc, je crois que ça débordait.

En vérité, je n'étais pas le loup. Et il n'avait rien d'un agneau.

« Et après cette réception à Bel Air, vous l'avez revu ? » Qu'on ne s'y trompe pas, je n'avais pas particulièrement l'impression d'avoir face à moi un type qui en savait beaucoup et ne m'en livrait qu'une partie, simplement je me contentais de faire mon boulot. On m'avait enseigné qu'il faut toujours poser une question de plus, tirer les vers du nez. À ce moment-là, je me comportais encore en bon élève.

« Nous nous sommes croisés une ou deux fois. Dans d'autres fêtes. Je ne me rappelle plus les circonstances exactes. Vous savez, on se rend dans pas mal d'endroits quand on fait mon métier, on croise pas mal de gens, mais les piscines se ressemblent toutes, les robes longues sont les mêmes partout, les conversations on a le sentiment de les avoir déjà entendues avant, ailleurs, on finit par ne plus faire vraiment attention, on ne fait plus vraiment la différence non plus, du reste ça n'a aucune importance, on se montre, on boit un verre ou deux ou plus, on répond à des questions, on sourit, on repart, c'est à chaque fois le même scénario. » J'ai considéré que je n'avais pas de raison de m'apitoyer sur le sort de Jack Bell, je ne l'ai donc pas fait. Pour autant, son explication m'a paru plausible. Je ne l'ai pas mise en doute.

« Et, dans ces occasions, il vous a fourni de l'herbe ou d'autres substances ?

— Je ne m'en souviens pas. C'est possible. »

La mémoire de Jack était imprécise. Cette imprécision m'a semblé cohérente avec le jeune homme hirsute et égaré qui me faisait face. J'ai estimé qu'il était vain de chercher à la rafraîchir, sa mémoire. À quoi bon des efforts, s'ils ne produisaient rien ? Et pourquoi ne pas accorder le bénéfice du doute à un garçon qui portait aussi bien l'innocence dans son regard fragile ? Je flanchais gentiment.

« Il n'a pas cherché à, comment dirais-je ?... Enfin, il ne vous a pas proposé...

— De coucher avec lui ? Non. »

J'ai été reconnaissant à Jack d'avoir terminé ma phrase. D'ordinaire, je n'étais pas mal à l'aise avec ce genre d'interrogation mais là, sur l'instant, j'ai éprouvé une sorte de timidité. Buté sur les mots. Il y a toujours de l'impudeur à soutirer aux gens qu'on interroge des précisions concernant leurs pratiques sexuelles. Mais c'était autre chose, en l'occurrence, je le concède. J'étais embarrassé de devoir imaginer Jack au lit avec Billy. Cette image ne me convenait pas.

« Bien, si vous n'avez rien d'autre à m'apprendre, nous allons en rester là. » À l'évidence, j'aurais dû me montrer plus soupçonneux. Je ne l'ai pas été, voilà. Je n'étais pas un si bon élève, au fond. Ou plutôt j'apprenais la lâcheté à la vitesse grand v.

Je dis *lâcheté* mais je sais bien que je devrais dire *amour*.

Mr. Jansen tenait une épicerie sur Baker Street, à Bodega Bay. Le genre d'épicerie où on fait ses courses d'appoint, quand les œufs ou le papier toilette viennent à manquer, quand on a oublié d'acheter les céréales au supermarché en périphérie de la ville. Je passais chaque jour devant ce magasin, le matin en me rendant à l'école, le soir en en revenant. Je ne m'y arrêtais pas. Pourtant, les friandises qui trônaient à côté du comptoir à l'entrée me tentaient mais j'avais huit ans, pas d'argent, et une mère dont je respectais les consignes. D'ailleurs, c'est seulement avec elle que je pénétrais dans cet antre : je demandais à l'accompagner, elle acceptait.

Mr. Jansen était un homme sans âge. Aujourd'hui, je dirais qu'il avait cinquante ans à l'époque. Une figure plutôt triste, il était très rare de le voir sourire. Il n'était pas sévère, non. Seulement solitaire, et peu bavard. Un homme assez grand, mais peut-être est-ce sa maigreur qui me donnait cette impression. Toute la vie était concentrée dans son regard. Il avait des yeux très bleus, qui paraissaient fouiller au-dedans de nous. Je pensais : c'est une déformation professionnelle, il nous surveille et cherche à nous faire peur sans avoir à prononcer un mot.

Un soir, en revenant de l'école, je suis entré seul dans la boutique. J'avais gagné un dollar à cause d'une dent tombée, je disposais d'une fortune à dépenser. J'avais le cœur battant. J'ai ressenti la même sensation, des années plus tard, en franchissant la porte borgne d'un sex-shop. Et puis, je désobéissais à ma mère. La première transgression ne s'oublie pas.

J'ai erré dans les allées, sans me décider. Il me semblait que Mr. Jansen m'épiait et cette inquisition me mettait mal à l'aise. Une dame est entrée à son tour et son intrusion a provoqué une diversion. Dans les quelques secondes de cette diversion, j'ai fait ce geste fou, que je ne m'explique toujours pas, des années après : j'ai pris une poignée de carambars et je les ai glissés dans la poche de mon pantalon, avec la ferme intention de les emporter sans les payer. Je me suis découvert voleur, en moins de temps qu'il ne faut pour l'énoncer. Jamais l'intention de m'emparer d'une chose qui ne m'appartenait pas ne m'avait effleuré jusque-là. Depuis j'ai acquis la certitude qu'il advient toujours un moment dans une vie où on est confronté à sa part d'ombre. Le meurtre, par exemple, peut n'être qu'une collision fortuite et brève avec sa propre noirceur. Pour ceux qui ne le préméditent pas, le passage à l'acte n'est souvent que le produit d'une infime parcelle de temps pendant laquelle l'humain bascule dans le monstre.

La dame est ressortie et je me suis retrouvé à nouveau seul dans l'épicerie. Mon cœur battait encore plus fort. Mr. Jansen a quitté son comptoir et s'est approché de moi, d'un pas lent, pour se planter devant moi. Son visage était impassible mais ses yeux bleus étaient traversés par une expression qui hésitait entre la douleur et la douceur. Mr. Jansen est resté quelques instants silencieux avant de me lancer : « Ils te font vraiment envie, ces carambars que tu as glissés dans ta poche ? » Je l'ai scruté, pétrifié, honteux d'avoir été démasqué. Mon premier désir a été de m'enfuir mais son corps me barrait la route. Je n'ai pas su quoi répondre. Alors l'homme longiligne s'est penché vers moi, a posé une main sur ma joue, m'a caressé de son pouce et a murmuré : « La prochaine fois, demande-moi et je t'en donnerai. » Il s'est penché un peu plus et a déposé un baiser au coin de mes lèvres. Et puis il a placé son index sur sa bouche et fait « chut ».

Je suis revenu régulièrement dans l'épicerie de Mr. Jansen. Il m'offrait à chaque fois des friandises. Et, à chaque fois, il m'embrassait ou s'emparait de mes épaules et les massait ou soulevait mon pull et me caressait. C'est devenu notre secret. Je ne l'ai jamais révélé à personne. J'en parle ici pour la première fois.

Pourquoi est-ce que je raconte cette histoire ? Et pourquoi seulement aujourd'hui ?

Sans doute pour me souvenir que j'avais déjà franchi des frontières invisibles.

Pour faire remarquer aussi, au cas où on n'aurait pas compris, que je sais me taire.

Et parce que, certains jours, je cherche une explication là où il n'y en a sûrement pas.

J'ai jeté un coup d'œil rapide à la terrasse derrière la baie vitrée, à la piscine immobile. Le lieu m'a semblé déserté. Aucune rousse anorexique à l'horizon. Juste un peignoir de bain qui traînait sur le carrelage chaud et un journal posé sur une table de jardin et dont les premières pages étaient soulevées par un vent léger.

J'ai tendu la main à Jack pour prendre congé. Je m'attendais à ce qu'il me salue en retour et me raccompagne. Pourtant, lorsqu'il m'a tendu la sienne, il n'a pas relâché immédiatement la pression. Du coup, j'ai prêté davantage d'attention à son expression pour y apercevoir une sorte de tristesse, un désarroi. La peur des enfants, la peur qu'on les abandonne. Leur incompréhension, aussi. Leur récrimination muette. Alors les mots sont venus, ses mots à lui, ils ont été prononcés dans l'instant de la séparation.

« J'aimerais vous revoir. »

J'ai laissé ma main dans la sienne, commis cette erreur fatale. Oui, à cette seconde, c'est certain, j'ai signé mon arrêt de mort. Si j'avais eu le réflexe de la retirer, ma main, si j'avais refusé l'étrange solennité et l'étrange tendresse de sa demande, nous en serions probablement restés là. Car la magie aurait été instantanément brisée. Le dialogue sans paroles aurait été rompu. Mais les choses ne se sont pas passées ainsi.

Je ne me suis pas soustrait à son désir.

J'ai songé : il aurait pu employer d'autres mots, des mots plus mondains, moins compromettants. Il aurait pu s'en tenir à un « J'ai été très heureux de faire votre connaissance. Peut-être aurons-nous l'occasion de nous revoir ». Il aurait pu glisser, négligemment : « Donc, je ne vous reverrai pas ? » Et espérer être contredit. Mais non. Il m'a placé devant le fait accompli, devant son audace. Forcé à décider quoi en faire en un éclair. Il a poussé tous ses jetons au centre de la table et lancé la roulette, regardé la boule rebondir, attendu qu'elle s'immobilise pour vérifier s'il avait remporté la partie ou tout perdu. J'ai tenté une esquive mais c'était une tentative vouée à l'échec. Dans ce genre de jeu, on gagne ou on perd. Il n'y a pas d'alternative, pas d'entre-deux.

« Vous devez vous sentir sacrément seul pour avoir envie d'un nouveau rendez-vous avec moi. »

En balançant ma réplique pleine d'une ironie méchante et déplacée, je suis convaincu que mon visage était déformé par un pauvre rictus. J'essayais d'une façon un peu minable de me dérober, mais j'avais déjà compris que je n'empêcherais rien, le coup était parti. Mon humour désespéré est tombé à plat. Ma maladresse et ma gêne me sont revenues en pleine face. Instantanément.

« Je crois que vous n'avez pas idée de ma solitude. »

C'était une phrase volontairement mélodramatique, volontairement exagérée. C'était aussi un demi-mensonge. Non, Jack n'était pas un homme seul. Il était même sacrément entouré. Et je me persuadais à peu de frais qu'on n'est pas seul avec autant d' « amis » autour de soi. Mais surtout, ce n'est pas sa prétendue solitude qui le poussait vers moi. Il se contentait de saisir la balle au bond. Et si un arrangement avec la vérité était le seul moyen à sa disposition pour me convaincre d'accepter de le revoir, alors il y était prêt, sans hésitation. Il n'a même pas réfléchi. Tout cela, il me l'a avoué après coup.

Il a rougi, baissé la tête. J'ai enfin lâché sa main et posé la mienne sur l'avant de son bras. Sa peau m'a paru douce. Il a relevé les yeux. J'ai dit : « Je t'appelle très vite. Nous allons nous revoir. »

Cet après-midi-là, je ne suis pas rentré directement au bureau, choisissant de marcher dans cette ville où personne ne marche, parce que la voiture y est reine. Il flottait dans l'air un parfum de bougainvillées. Je ne m'y connais pas particulièrement en fleurs mais je sais reconnaître le parfum des bougainvillées, ma mère me l'a appris, je n'ai pas oublié.

Sans le faire exprès, je me suis retrouvé à arpenter le Walk of Fame, le long d'Highland Avenue. Je flânais sur les étoiles, ne prêtant pas vraiment attention aux noms inscrits sous mes pas. Je me suis fait bousculer par des touristes japonais qui prenaient des photos. Souvenu qu'on accourait du monde entier pour se frotter aux mythes véhiculés par Hollywood. J'ai tenté de me remémorer les visages des actrices torrides ou perverses, des baby dolls, des cow-boys de cinéma, des stars éphémères et des légendes à la peau dure dont les empreintes jalonnent l'esplanade devant le Chinese Theater

107

et n'y suis pas toujours arrivé. Le visage de Jack s'interposait sans relâche.

Non, son visage ne me quittait pas. Et je ne savais pas si je devais me demander pourquoi ou, au contraire, éviter soigneusement de me poser la question. Le folklore alentour, en tout cas, ne suffisait pas à créer une diversion. Je me suis approché d'une cabine téléphonique, j'ai cherché de la monnaie dans la poche de mon pantalon et composé le numéro de la librairie. Parler à Laura m'aurait fait du bien mais on m'a dit qu'elle était sortie pour sa pause. Je n'avais décidément pas de chance.

Et si elle m'avait répondu, ce jour-là, aurais-je échappé à tout ça ?

J'ai hélé un taxi pour retourner au poste. J'ai descendu la vitre, l'air était presque brûlant. J'avais l'impression d'être pris dans une nasse. J'ai soudain songé à l'enfant à venir et, pour la première fois, cette perspective m'a fichu la trouille. J'ai aussitôt chassé cette mauvaise pensée en avalant une bouffée d'air chaud.

Lorsque j'ai franchi la porte du bureau, McGill était là et m'a salué d'un hochement de tête, je ne me souviens même pas si je lui ai rendu son salut. Il ne m'a pas demandé de nouvelles de mon interrogatoire, je ne lui en ai pas donné. Si je l'avais fait, il aurait suggéré de convoquer Jack, de le questionner de manière plus approfondie, et de relever ses empreintes dans le but de les comparer à celles relevées par le médecin légiste et il aurait eu raison. Je ne redoutais pas particulièrement ces investigations supplémentaires mais je ne me suis pas senti capable d'en prendre le risque. Un pressentiment absurde.

Je devinais surtout qu'il ne me fallait pas parler de Jack. Que parler de lui était dangereux. Que penser à lui était dangereux.

J'ai d'abord pris la résolution de ne pas le rappeler, contrairement à ma promesse. J'avais bien le droit de ne pas obéir à sa requête. Et, de toute façon, qu'irait faire un flic avec une starlette, qui plus est quand leurs chemins se croisent en enjambant un cadavre ? Et qu'auraient-ils à se dire ? J'ai repéré le papier sur lequel j'avais noté son numéro de téléphone, je l'ai roulé en boule et jeté à la poubelle.

Une heure plus tard, je suis allé ramasser le papier froissé dans la poubelle. McGill n'a rien raté de mon petit manège. Il s'est toutefois gardé du moindre commentaire. Il a bien fait. Je n'étais pas d'humeur.

Je ne sais plus comment j'ai pu avoir une idée pareille. Aujourd'hui, ça me paraît cinglé. Mais sans doute fallait-il en passer par là. Sans doute n'ai-je pas su maîtriser mes pulsions. J'ai invité Jack à dîner à la maison, oui, chez moi, dans mon foyer, avec ma femme. Notre propre perversité, souvent, on ne la mesure pas, elle nous échappe.

Il avait dû me dire, lorsque je l'ai finalement rappelé : « Évitons les lieux publics, je suis facilement reconnu, on sera tout le temps dérangés. » Et puis, je n'avais aucune raison de le cacher à Laura. Pour être honnête, j'étais même peut-être secrètement fier de présenter à ma compagne une star de cinéma. En tout cas, je me répétais : « Ça fera plaisir à Laura. » Cette phrase, rétrospectivement, me fait froid dans le dos. Les excuses qu'on se trouve, parfois.

Tout de même, au téléphone, j'avais précisé à Jack : « Viens avec qui tu veux, bien sûr. Si tu as une fiancée en ce moment, elle peut se joindre à nous. » Je faisais le malin. Je faisais celui qui a lu les journaux. Par ailleurs, je respectais les canons des invitations : un couple convie un autre couple à dîner, voilà. Un truc conventionnel, quoi.

Et, contre mon désir, je tentais de le décourager, ou de le détromper : il n'avait rien à attendre de moi, je n'avais aucune intention à son sujet. Évidemment, ce n'est pas à lui que je mentais, mais à moi.

Il m'avait répondu, du tac au tac : « Je viendrai seul », sans plus de détails. Aussitôt, sa réponse m'avait soulagé, tout en me laissant vaguement songeur : se déplaçait-il sans elle, était-elle indisponible ce soir-là, refusait-il de la montrer, ou était-il de nouveau célibataire ? Avec le recul, je sais désormais que j'espérais sans me l'avouer que la rouquine famélique était passée par-dessus bord.

Je m'étais préparé à son retard, il est arrivé pile à l'heure, avec une bouteille de très bon vin à la main. Lorsque je l'ai regardé dans l'embrasure de la porte, j'ai été foudroyé. Et ce n'était pas seulement à cause de sa beauté de ce soir-là, non. En fait, il me semblait que je faisais délibérément entrer dans l'appartement une calamité ambulante, celui qui allait tout dévaster sur son passage, avec l'air de ne pas y toucher.

Jack a salué Laura avec beaucoup d'empressement et de timidité mêlés. Elle s'efforçait de paraître décontractée mais je devinais sa nervosité et j'avais remarqué le soin qu'elle avait apporté à recevoir son hôte illustre. Elle s'était même délicatement maquillée, ce qu'elle ne faisait jamais. J'ai détourné le regard, j'essayais encore de ne pas voir ce qui me crevait les yeux.

Il est inutile que je raconte ce dîner. D'autant qu'il ne s'y est rien produit d'extraordinaire. La conversation a roulé sur les sujets les plus divers, souvent futiles. Jack et Laura parlaient ensemble, la plupart du temps, je ne disais presque rien, restant en retrait. Le vin était bon (pour une fois !), la pasta aussi, nous étions un peu ivres et un peu joyeux. La familiarité est venue très vite, et avec elle, une sorte de légèreté.

Sans le moindre doute, le drame se jouait devant moi, en sourdine. Laura n'en avait nullement la notion et cette inconscience ajoutait au drame. Jack, lui, comprenait tout. Il avait compris dès la première seconde. Il ne laissait rien filtrer, et jouait à merveille un double jeu. Par moments, il m'adressait des coups d'œil lourds de sens, s'attardait sur moi, je l'observais, impuissant, terrassé.

Sur le coup de minuit, il a pris congé de nous. Laura et lui se sont embrassés comme de vieilles connaissances, en se promettant de se revoir vite. Ce mensonge m'a paru odieux et nécessaire. Elle l'a gobé, sans la moindre réserve. Les bougies du dîner avaient jeté du rouge sur ses joues.

J'ai raccompagné Jack jusqu'à la porte de l'appartement, à l'endroit exact où il m'était apparu trois heures plus tôt. Nous nous sommes serré la main, sans nous dire un mot. Il souriait, sans forfanterie. J'ai concédé ma défaite en lui renvoyant son sourire.

Le lendemain, c'est lui qui a rappelé. Il a d'abord essayé de me joindre chez moi mais ça a sonné dans le vide, j'étais déjà parti et Laura aussi. Alors il a cherché le numéro du poste de police, est tombé sur la fille du standard qui me l'a passé, sans même lui demander son nom. Quand j'ai décroché et reconnu sa voix, je devais ressembler à un animal pris dans les phares d'une voiture.

Il n'a même pas pris la peine d'évoquer la soirée de la veille. Nous n'en étions plus là, à quoi bon interpréter la partition de la comédie sociale ? Il a dit : « Je passe te chercher dans une heure. On part pour Monterey. » J'ai dit : « Je t'attends. » Les dés étaient jetés.

Au cours de cette heure où je l'ai attendu, j'ai tenté de décrypter la nécessité qui me poussait vers lui. J'ai essayé de déterminer pourquoi un bon flic accepte une intimité avec un acteur en vue peut-être lié à un meurtre, et surtout pourquoi un homme marié et bientôt père part en virée sur la route One en compagnie d'un individu ambigu dont il ne sait presque rien. La vérité, c'est qu'il ne fallait pas faire beaucoup d'efforts pour comprendre ce qui était en train d'advenir mais qu'il fallait en faire énormément pour l'admettre.

Pendant cette heure, j'ai également agi avec une grande détermination et une froideur saisissante. Sans émotion particulière, j'ai prévenu McGill que je serais absent pour au moins vingt-quatre heures, lui ai demandé de se débrouiller sans moi, ne lui ai fourni aucune explication à mon absence. Dans la foulée, j'ai appelé Laura à la librairie et je lui ai menti sans trembler : je partais à San Francisco, la piste de Billy Greenfield menait là-bas, elle ne m'a posé aucune question, pourquoi en aurait-elle posé, mes enquêtes m'avaient déjà conduit à deux ou trois reprises à des déplacements imprévus. Elle m'a dit, sans mendier le moins du monde : « Sais-tu si tu seras rentré ce soir ? » J'ai répondu que je l'ignorais, mais que je lui téléphonerais dès que j'y verrais plus clair. Elle m'a quitté sur un « Je t'aime » auquel j'ai répliqué sans hésitation par un « Moi aussi ».

J'ai songé : je pars sans rien, sans vêtements de rechange, sans même une brosse à dents. J'ai envisagé d'aller m'en procurer au centre commercial au bas de l'avenue et renoncé aussitôt. Je ne savais rien de la durée de notre voyage et je ne voulais rien en savoir.

Pourquoi avait-il choisi Monterey ? Je connaissais la ville pour y avoir séjourné parfois pendant mon enfance, Bodega Bay n'est pas si loin, juste de l'autre côté de la baie de San Francisco. J'en conservais le souvenir d'une station balnéaire pour riches retraités et des images de bord de mer domestiqué. Possédait-il des attaches dans le coin ? Et pourquoi partir à 300 miles de L.A. ? Quel besoin avait-il de mettre autant de distance entre la ville et nous ?

Et, parce qu'on ne se débarrasse pas si facilement de ses réflexes de flic, je n'ai pas pu m'empêcher de revenir aux circonstances qui nous avaient mis en présence, Jack et moi. Y avait-il à Monterey quelque chose en rapport avec le meurtre de Billy ? Autant vous l'apprendre tout de suite : la réponse est non. En réalité, nous allions là-bas pour une unique raison : être seuls ensemble.

Je me suis planté devant la fenêtre de mon bureau et j'ai attendu, en tirant sur une Marlboro. La voiture, une Spyder décapotable directement sortie des années 60, a tourné au coin de la rue. J'ai dévalé les escaliers.

Les premières minutes ont été blanches. Je me souviens du soleil et du silence. Nous avons quitté la ville sans échanger un mot. Jack était concentré sur les feux, les croisements, les panneaux indicateurs. Moi, je me forçais à ne pas obliquer dans sa direction. J'avais, bien sûr, repéré qu'il avait vissé une casquette sur son crâne, et ses cheveux débordaient sur sa nuque ; il portait des lunettes noires et ça lui faisait un visage dur ; il avait roulé un paquet de cigarettes dans la manche de son tee-shirt et ça me rappelait des photos en noir et blanc de James Dean. Mais je regardais droit devant. Il conduisait nerveusement, je n'avais pas peur.

Les images des derniers jours venaient s'intercaler dans le défilé du paysage. Tout était allé si vite. La découverte de son nom dans le carnet, la première rencontre, la deuxième, le dîner avec Laura. Dès que je décidais d'y réfléchir plus d'une minute, je me rendais compte qu'il y avait quelque chose d'irréel dans ce qui nous arrivait. L'urgence, l'évidence. Pourtant, je ne voyais pas comment j'aurais pu m'y prendre pour ne pas me trouver à ses côtés, dans un bolide qui filait le long de l'océan.

La radio diffusait des chansons incertaines, couvertes par le souffle chaud du vent et par le ronronnement du moteur. Les palmiers ondulaient comme dans les séries télé. Les eaux du Pacifique étaient striées de reflets, elles étaient d'un bleu qu'on aurait pu croire artificiel.

Nous avons traversé Santa Barbara sans nous arrêter. J'ai à peine eu le temps d'apercevoir les maisons d'adobe et les traces, richement conservées, d'un passé espagnol. Les arcades abritaient des boutiques chic et de vieilles femmes trop blondes ou trop permanentées. À Solvang, les touristes étaient partout. Ils mitraillaient les faux moulins à vent de cette étrange cité scandinave, dégoulinant de couleurs criardes. Ce n'était pas l'Amérique par ici, ça ne m'a pas plu. À San Luis Obispo, nous n'avons pas fait de halte non plus. Je commençais à avoir sacrément faim pourtant, mais tout y était vulgaire et commerçant. Jack a consenti à stopper le moteur seulement lorsque nous sommes entrés dans Big Sur.

J'aimais depuis longtemps cette ville, coincée entre des forêts de séquoias et des criques rocheuses. J'y avais passé une semaine avec mes parents, je devais avoir dix ans, ce résidu de nature sauvage m'avait impressionné et je m'étais dit que, si on goûtait le retranchement, Big Sur était l'endroit rêvé. Jack s'est garé non loin d'un sentier. Quand nous sommes descendus de la voiture, ça sentait l'écume, l'océan. Jack a indiqué un petit bar où on servait de bons hamburgers. Je n'ai pas discuté. Il n'était plus le jeune homme timide que j'avais cru voir, la première fois. Il avait pris de l'assurance, dirigeant les opérations, je le laissais faire. Ce territoire était le sien. Cette équipée, il l'avait décidée pour nous deux.

Tout de même, son air s'est fait plus doux lorsque nous avons de nouveau été face à face. J'ai même senti un peu d'affolement. Il me lançait parfois de brefs regards de naufragé, oui, il avait cette expression-là, des gens au bord de sombrer. Et puis, la douceur revenait, une bonté que je n'osais pas encore appeler de la tendresse, comme un désir réprimé. Il jetait des coups d'œil autour de nous, aussi. Mais il n'y avait rien à voir dans ce bar, rien qu'une serveuse sanglée dans un uniforme rouge, des routards qui avaient garé leurs motos derrière la baie vitrée, des marcheurs cherchant du repos, et deux vieillards qui paraissaient être des habitués. Aucun de ceux-là ne s'intéressait à nous. Aucun n'avait reconnu Jack. On aurait juré que cet endroit n'était pas relié au monde.

Nous avons échangé quelques mots au cours du déjeuner, c'étaient des paroles ordinaires, des choses de presque rien, comme en disent les couples qui s'arrêtent sur des aires d'autoroute, le jour des départs en vacances. Sans doute y avait-il encore de l'embarras entre nous, et l'inconfort de ceux pour qui se profilent des instants décisifs, mais c'était aussi, déjà, les mots simples des amants réguliers.

Nous avons repris la route. Parcouru les derniers miles de la Pacific Coast Highway. Rapidement dépassé les collines de Carmel. Alors se sont profilées, derrière une brume légère, les maisons de bois blanc le long du front de mer de Monterey.

La Spyder a bifurqué vers la baie. Jack a ralenti l'allure. Un garçon torse nu lisait un journal, adossé à l'écorce d'un palmier. Une fille un peu trop apprêtée se déplaçait lentement, perchée sur des rollers, à la manière d'une nageuse en plein air, et vérifiait visiblement l'effet qu'elle produisait sur les passants mâles. Le garçon torse nu n'a pas relevé la tête. J'ai souri.

Jack s'est dirigé vers le port. Il semblait connaître parfaitement son point de destination : Fremont Boulevard. Il a immobilisé la voiture sur le parking d'un motel. Il s'est alors tourné vers moi et m'a dit : « J'avais projeté de t'emmener marcher dans la ville, c'est une promenade agréable, je l'ai souvent faite et je me sens tellement bien ici mais ç'aurait été encore une diversion. » J'ai dit : « Je t'attends là. » Je ne faisais plus que cela désormais, l'attendre.

Il est descendu de la voiture, entré dans le hall du Lone Oak. Je suis descendu à mon tour, me suis appuyé contre le métal brûlant de la portière. J'ai allumé une cigarette et avisé les balustrades du motel, l'alignement des chambres, entendu le rugissement des vagues juste derrière. Le soleil était à son zénith et, pourtant, j'ai repéré des granules sur l'avant de mes bras, la chair de poule. Tu m'étonnes.

Jack m'a rejoint, il a dit : « On a la 17. » Il a grimpé un escalier, j'ai emboîté son pas. J'essayais de ne pas penser à ce qui nous attendait. Ou plutôt j'essayais d'oublier que je ne savais pas faire ce que j'allais faire. À ce moment-là, j'ignorais encore que les gestes seraient si simples.

Oui, je me forçais à faire le vide dans ma tête. Tout n'était qu'une question d'inconscience et d'abandon.

Jack est entré le premier dans la chambre, il m'a tenu la porte et l'a refermée derrière moi. Normalement, il aurait dû prendre l'initiative. Pourtant, c'est moi qui l'ai plaqué contre la porte, moi qui me suis emparé de sa bouche, moi qui ai écrasé mon corps contre le sien. C'étaient des baisers voraces, violents, urgents, empreints d'une curieuse souffrance. C'étaient des baisers comme des larmes.

J'ai retiré ma chemise, brutalement. Je lui ai ôté sa casquette, son tee-shirt, maladroitement. Les peaux se sont touchées. Les torses. Les ventres. J'ai tenu son visage à pleines mains pour continuer à l'embrasser, à le dévorer. Nous étions saisis par une frénésie, une incroyable excitation. J'ai senti sa queue durcir contre l'étoffe de son jean. Je bandais moi aussi. Je me suis mis à genoux et je l'ai dégrafé. Sa queue a jailli hors du jean, je l'ai avalée aussitôt. Je n'avais jamais fait un truc pareil. Ça m'a pourtant paru la chose la plus facile du monde. Jack m'a sucé à son tour. Je passais ma main dans ses cheveux ébouriffés, me cramponnais à sa nuque, je ne pouvais pas garder les yeux ouverts. Et puis nous nous sommes affalés sur le lit. Il y a eu des étreintes enragées, des caresses furieuses, des plaintes convulsives. Nous étions incapables de douceur, de lenteur. Il a craché de la salive sur sa queue, sur mon cul et il est entré en moi. Et ça m'a déchiré. J'ai empoigné la couverture du lit, réprimé des sanglots mais cette douleur m'a plu infiniment. Pour rien au monde, je n'aurais voulu que Jack arrête son va-et-vient, le balancement de ses hanches contre mes fesses. Nous avons joui à quelques secondes d'intervalle. J'ai senti son foutre chaud sur mon dos, vu le mien maculer la couverture. Nous sommes tombés tous les deux au même moment, terrassés. Jack était encore sur moi, il a basculé sur le côté. Cette fois, j'avais les yeux grands ouverts.

Je n'avais jamais couché avec un mec, avant. Je n'en avais même jamais touché un seul.

Je ne me rappelle plus combien de fois nous avons fait l'amour ce jour et cette nuit-là. Je me rappelle seulement que nous n'avons mis le nez dehors que le lendemain matin. Jack sommeillait sur le ventre, les draps avaient roulé au pied du lit depuis belle lurette, il avait sa tête enfoncée dans l'oreiller et un genou replié. Je me suis redressé et dirigé vers le balcon, sans même songer à enfiler un caleçon. Des vagues paresseuses s'échinaient en contrebas, la plage était déserte, j'ai allumé une cigarette, c'était la première que je fumais depuis le moment où j'étais descendu de la voiture. Je lui ai trouvé un drôle de goût, j'avais la bouche pâteuse et une incroyable fringale, je n'avais rien avalé depuis le hamburger de Big Sur. J'étais épuisé et calme.

J'ignore combien de temps je suis resté dans l'air pacifique, dans la chaleur du matin, dans la lumière aveuglante. J'aimais ma nudité et ma fatigue. Je ne songeais à rien, sans avoir besoin de fournir le moindre effort pour atteindre cette sensation de vide. Je n'étais envahi par aucune culpabilité, aucune honte, assailli par aucune question. Seuls comptaient le goût de la cigarette, la brise océane et l'homme couché sur le ventre dans la chambre.

Jack est venu me rejoindre. Je ne l'ai pas entendu arriver. Il avait pourtant la démarche lourde de celui qui s'extrait du sommeil. Il s'est plaqué contre moi, doucement. Son ventre a touché le bas de mon dos. J'ai senti son sexe contre mes fesses. Il a enroulé ses bras autour de mes hanches et posé son menton sur mon épaule. Il n'a pas prononcé un mot, j'ai continué d'observer le roulement des vagues et la lente ondulation des palmiers. Il a fini par dire : « J'ai faim. Pas toi ? Si on allait prendre un petit déjeuner quelque part ? » J'ai acquiescé en penchant ma tête vers la sienne.

Nous avons enfilé nos vêtements de la veille, froissés, pleins de notre transpiration, et descendu lentement l'escalier, Jack me suivait, caché derrière ses lunettes de soleil, il m'a tendu les clés de la voiture, il ne se sentait pas la force de conduire, j'ai saisi les clés dans un geste parfaitement naturel et me suis installé à la place du conducteur. J'aurais pu être effrayé par ce geste machinal, le genre de détail qui raconte une vie de couple mieux que n'importe quoi d'autre. Je ne l'ai pas été. Quand on porte sur soi les traces de sperme séché du type assis à côté, on n'est effrayé par rien.

J'ai repéré un café sans charme à Pacific Grove. Inconsciemment, j'avais cherché un lieu anodin, anonyme, où personne ne viendrait déranger Jack. Je ne me suis pas interrogé sur ce bon « réflexe ».

Je revois parfaitement ce matin-là, dans le café, le visage chiffonné de Jack, sa beauté chavirante, et un sourire qui ne s'effaçait pas. Moi, je frottais inlassablement ma barbe, je ne m'étais pas rasé depuis la veille, je contemplais mon amant avec une envie folle de l'embrasser, je me suis contenté d'avaler un café et des donuts.

Les emmerdements commençaient : nous étions sans doute en train de tomber amoureux.

Et puis la réalité m'a rattrapé. J'ai repéré cette femme, accoudée au comptoir, une femme solitaire et belle dans le commencement d'un jour, saupoudrant du sucre dans une tasse de café fumant, j'ai vu ses cheveux relevés dans un chignon lâche, presque dénoué, retenus par quelque chose qui ressemblait à un crayon de papier et le visage de Laura s'est imposé à moi. Cette femme que j'apercevais seulement de profil ne ressemblait probablement pas du tout à Laura mais son geste, sa chevelure, le cambré de ses reins sur le tabouret trop haut, tout cela m'a ramené à elle.

Et c'est terrible, ma première pensée n'a pas été : je suis un salaud, mais : quel mensonge inventer pour lui expliquer pourquoi je ne l'ai pas appelée, hier soir ? J'ai cherché du regard un téléphone dans le café, il y avait un vieux poste accroché au mur à côté des toilettes, j'ai glissé à Jack : « Je dois passer un coup de fil. » Il n'a pas eu l'air surpris. Tout de même, après coup, il m'a avoué qu'il n'était pas entièrement sûr de ce que j'allais faire. Il espérait vraiment que j'allais mentir à ma femme mais n'excluait pas que j'annonce, penaud, mon retour immédiat au domicile conjugal.

Il redoutait la fragilité des premiers instants, quand la ferveur peut encore ne pas tenir ses promesses.

Ça sentait l'urine, j'ai composé le numéro en tremblant, je n'avais pas les idées claires. À la librairie, le temps m'a paru interminable, on ne trouvait pas Laura et puis, d'un coup, sa voix a jailli dans l'écouteur. Avec cette voix, j'aurais pu instantanément retrouver toutes les années traversées, le bonheur simple et céder, céder en une seconde, refuser de tout perdre, de tout saccager pourtant ce sont d'autres mots qui ont surgi : « J'ai essayé de te joindre mais, à chaque fois, ça sonnait occupé. La ligne est en dérangement ? » Vieille tactique policière : ne pas jouer en défense, dénicher une diversion, observer la réaction de l'adversaire.

« Non, je ne crois pas. J'étais folle d'inquiétude, tu sais ?

— Je suis désolé, ma chérie mais franchement, je n'y suis pour rien. Et puis, on a travaillé une bonne partie de la soirée avec l'équipe ici.

Quand on a levé le camp, il était trop tard pour te rappeler. »

À son souffle, j'ai compris qu'elle me croyait. Son soulagement l'emportait sur sa colère. La dissipation de sa peur a suffi à ne pas éveiller sa méfiance. Elle était heureuse de m'entendre, rien d'autre n'avait d'importance. Elle avait franchi un précipice, se rappelait le vertige mais désormais, elle avait atteint l'autre rive et se cramponnait à la terre ferme.

« Tout se passe bien ? Je veux dire, pour ton enquête...

— On fait des recoupements, c'est laborieux, je ne suis pas certain qu'on en sorte grand-chose mais il faut en passer par là. Je ne vais pas t'ennuyer avec ça, on a toujours dit qu'on ne parlait pas de mon boulot.

— Tu rentres quand ?

— Je ne sais pas encore. Dans deux jours. Peut-être avant. Le bébé, ça va ?

— Oui, ne t'inquiète pas.

— Je t'appelle, ce soir. Je t'embrasse.

— Je t'embrasse, moi aussi. »

Le premier mensonge m'a paru facile. Du coup, les autres ne m'ont pas demandé tellement d'efforts. Le cynisme n'était pas une langue exotique.

Après avoir raccroché, j'ai joint McGill pour le prévenir que je ne me pointerais pas au bureau de la journée. Nous étions vendredi. Je lui ai donné rendez-vous au lundi suivant. Je ne lui ai pas réclamé de nouvelles de l'enquête. Il n'a pas bronché.

En regagnant ma place, j'ai observé le dos de Jack, ralenti le pas pour ne rien rater de ce corps-là, de cet instant-là. J'ai passé une main dans ses cheveux en contournant la table. Il a relevé la tête, m'a souri et m'a lancé pour se rassurer : « Tout va bien ? » J'ai dit : « Oui, tout va bien. »

Pour la première fois depuis sa disparition, je vais frayer du côté de Western Avenue, où les garçons proposent des amours tarifées, où Billy Greenfield a amorcé, sans le savoir, sa propre perte et la mienne. J'ai envie d'un corps, d'un corps d'homme. Celui de Jack me manque abominablement et je n'en peux plus de me réveiller, chaque matin, avec des crampes d'estomac. Il me faut retrouver notre fièvre.

Ils sont là, en rang d'oignons, guettant d'être choisis, jetant quelques paroles dans l'air vicié, tirant sur une cigarette, ou le plus souvent figés dans le silence et l'ennui. Ils sont là, comme en ce jour désormais lointain où je les ai interrogés en compagnie de McGill, ce sont peut-être les mêmes, peut-être d'autres. Je me fiche bien que l'un d'entre eux me reconnaisse, je ne suis plus à ça près. Je chemine parmi les ombres, cherchant vaguement une silhouette qui me rappelle celle de Jack.

Un type s'avance, vingt ans, peut-être plus. Son visage émerge de l'obscurité et c'est comme une apparition. Bien sûr, la beauté n'est pas comparable. Il manque cet air frondeur, cette grâce involontaire et les yeux n'ont pas le même éclat mais il me semble apercevoir dans l'allure quelque chose de lui, sa maigreur sèche, sa pâleur, la raideur de la nuque, et le mensonge du sourire. Je ne demande même pas son tarif au petit prostitué, je le suis où il accepte de me conduire.

Nous montons jusqu'à une chambre assez miteuse, qui pue le foutre, la désolation et la honte. Pas d'excitation, juste un peu de fébrilité. En réalité, j'ai besoin de croire que tout n'est pas perdu, que j'ai la faculté de renouer avec l'emballement d'avant. Je me répète en silence : un corps est un corps, les gestes sont semblables, avec un peu d'imagination ce sera comme avec Jack, je pourrais même entendre à nouveau ses gémissements.

Évidemment, rien ne se passe comme je l'espère. Dès qu'il commence à se déshabiller, je ne reconnais rien. Cet homme est un parfait étranger, la façon qu'il a d'ôter ses vêtements est mécanique, j'ai affaire à un pro, il ne se dégage du moment aucune sensualité, pas le moindre ravissement. Néanmoins, je persiste. Malgré mon désir de m'en tenir là, de déguerpir de cette chambre minable, je pense : il faut aller jusqu'au bout de ça, vérifier.

Je déteste le goût de sa bouche. Ses lèvres sont accidentées, son haleine empeste, sa langue est paresseuse. Le plus accablant, c'est sa peau. Elle est ferme, pourtant, et jeune encore malgré la multiplication des passes, le défilé des partenaires. Mais si éloignée de la douceur de Jack, et de son odeur. J'ai la sensation d'enlacer un cadavre. Oui, de toucher un mort. Cette chair n'est plus vraiment vivante, la carcasse ne vibre pas. C'est mort au-dedans. Je lâche prise aussitôt.

Je me rhabille, sans oser poser les yeux sur le garçon. J'abandonne les cinquante dollars sur les draps, il ne m'adresse aucune question en retour. A-t-il l'habitude de ces hommes qui s'interrompent, que la culpabilité ou le dégoût saisit ? Je crois surtout qu'il se moque de connaître mes raisons. Il se rhabille à son tour, sans s'excuser.

Il a raison de ne pas s'excuser. Son corps n'est pas repoussant. Il doit même plaire pas mal. Le problème vient de moi, bien sûr. De moi seulement. Je ne suis capable de faire l'amour qu'avec un seul homme. Cette découverte devrait me rassurer. Mais lorsque je songe que cet homme unique n'est plus là pour moi, elle me dévaste.

Nous sommes restés à Monterey jusqu'au dimanche soir, ne délaissant le motel que pour manger un morceau ou passer un coup de fil. Le reste du temps, nous sommes restés à l'abri, dans le froissement des draps, dans la torpeur de la chambre. Nous avons fait l'amour, beaucoup. Et cédé aussi au désœuvrement, un beau désœuvrement, quelque chose de très doux et sensuel. Je me souviens de la tête de Jack posée sur mon torse, il regardait en direction du plafond, observant le lancinant mouvement des pales du ventilateur, fumant une cigarette, moi j'avais les yeux perdus dans le vide, ne pensant à rien, caressant son téton du bout du doigt.

Et puis, entre les silences et les étreintes, les mots sont venus, ceux qui racontaient sa vie d'avant et la mienne, ceux qui remplissaient les blancs, ceux qu'on échange d'ordinaire longtemps avant le premier baiser. Aucun de nous deux pourtant n'avait exprimé la nécessité de savoir. Simplement, il était quelquefois cocasse de délivrer des vérités élémentaires, de fournir des informations essentielles à un être dont on connaissait, par ailleurs, la moindre parcelle de peau et les soubresauts intimes. Oui, c'était bien de faire les choses à l'envers. De remonter jusqu'à la source.

Une image m'a traversé l'esprit : se présenter à un inconnu en lui tendant la main alors qu'on a goûté à sa bouche.

Les confessions ont été parcellaires. C'étaient des phrases balancées au hasard, des choses révélées au détour d'un bavardage, des bribes d'existence échappées dans un soupir ou un acquiescement, des réponses à des questions indirectes, des souvenirs qui remontaient à la surface et qu'on faisait partager. Il n'y a pas eu de grand discours, pas d'autobiographie, ce n'était pas le genre.

Aujourd'hui encore, il existe des pans entiers de la vie de Jack que j'ignore et lui-même est parti sans que j'éclaire des zones d'ombre. Nous sommes des étrangers l'un pour l'autre, d'une certaine façon. Sauf que ce qu'il sait de moi, nul ne le savait mieux que lui. Et ce qu'il m'a montré, qui l'a vu, à part moi ?

De toute façon, je n'étais pas bavard, je l'ai déjà mentionné. Jack non plus n'était pas très causant. On aurait pu supposer qu'un acteur, habitué aux interviews, aux propos volés sur un tapis rouge, accoutumé surtout à se montrer, à s'exposer se dévoilerait sans difficulté, peut-être même sans pudeur mais c'est tout le contraire qui s'est produit. Avec moi, Jack ne s'est jamais départi d'une certaine timidité. En retour, ma discrétion lui a plu. Avec moi, il s'est senti libre de ne pas tout expliquer. Je l'ai reposé des investigations obscènes.

Il y a autre chose, évidemment : aux journalistes, il mentait, il passait son temps à mentir. Devant eux, il continuait de jouer. Il interprétait le personnage de Jack Bell, ex-enfant star, comédien revenu des profondeurs, jeune homme repenti, séducteur impénitent, célibataire convoité. J'ai mesuré très vite combien ce portrait était une imposture. Je l'ai reposé des mystifications.

À la fin, dans ces heures de l'aveu, ce que j'ai préféré, ce sont les non-dits, les interstices, les mutismes, les phrases inachevées, interrompues, les confidences avortées, les raclements de gorge, les demi-sourires, les regards détournés. Et les baisers qu'il déposait sur mes lèvres pour retourner au silence.

Jack était né dans le Wyoming, un État qui n'existe pas pour la plupart des Américains et qui abrite le parc national de Yellowstone pour tous les autres. Là-bas, la montagne, les torrents et les forêts écrasent tout, et on serait bien incapable de citer une ville digne de ce nom. Les gens du coin portent des chapeaux de cowboys, écoutent de la musique country, se saoulent à la bière ou au whisky ou aux deux le samedi soir, prient à l'église le dimanche matin et votent républicain. Le genre d'endroit où il peut neiger à la fin août, c'est vous dire.

La capitale du Wyoming, c'est Cheyenne, ça vous évoque quelque chose ? Rien, à coup sûr, et c'est normal. Rien du tout, sauf si vous aimez le rodéo. Un truc de malade, le rodéo. Des types qui sifflent entre leurs dents quand un barjot se fait secouer les côtes sur un taureau en furie et applaudissent s'il tient plus de huit secondes sur l'animal avant de se faire jeter dans la sciure. Et le soir venu, des parades géantes avec des fanfares et des clowns, qui finissent en bagarres générales dans les bars du cru.

Jack est né à Jackson Hole, à l'autre bout de l'État. Pas tellement mieux que Cheyenne, Jackson Hole, à l'écouter en parler. Une bourgade de province, des filles vulgaires, des ranchers en caricature de la virilité, de la marmaille traînée derrière soi dans les fêtes foraines, le même goût pour le rodéo et les beuveries, et la nostalgie du western. Ce qui sauve la ville, ce sont les alentours, paraît-il : des montagnes, le parc de Grand Teton, des prairies à perte de vue, des chevaux en liberté.

Jack habitait la vallée, avec ses parents, dans une maison tout en bois, au bord de la Snake River. Au pied d'un décor de cinéma. D'ailleurs, les gens d'Hollywood débarquaient souvent par ici, lorsqu'il leur fallait une atmosphère typiquement « Far West » ou des chromos de nature sauvage. Jack prétendait, dans les interviews, que son goût du cinéma était né un jour où une équipe de tournage s'était pointée, c'était l'été 75, il avait neuf ans, doit-on le croire ou a-t-il inventé cette histoire après coup, pour faire joli dans la bio ?

Son père était fermier, employé dans un ranch. Sa mère travaillait au bureau de poste, sur Cache Street (pourquoi diable est-ce que je me rappelle cette adresse ?). Jack disait qu'il adorait la rejoindre à l'heure du déjeuner, ils allaient ensemble au Billy's Giant Hamburger, juste à côté de la poste. C'étaient leurs moments à eux, juste à eux, il n'avait pas oublié cette complicité. Et puis sa mère est morte. Un cancer du pancréas. Elle a été emportée en trois semaines. Il n'est jamais retourné chez Billy.

Peu de temps après, son père lui a expliqué, grave et désolé, qu'il était incapable de l'élever seul. Il l'a expédié chez sa sœur, qui habitait Los Angeles, et qui était secrétaire à la Paramount. Jack se souvenait parfaitement du quai de la gare, ce matin de septembre. Des adieux muets. Des larmes retenues. De la violence qui blesse pour toute la vie. Il lui a fallu près de huit années avant de remettre les pieds à Jackson Hole.

J'ai envisagé, il n'y a pas longtemps, d'aller faire un tour par là-bas, pour voir à quoi ça ressemblait, l'enfance de Jack. J'ai fini par renoncer. La nostalgie ne me le rendra pas.

Il m'a raconté l'arrivée à Santa Monica, l'émerveillement de gosse devant le premier bord de mer, l'étonnement de celui qui n'a connu que les rigueurs et les excès du Middle West à se trouver baigné dans un climat subtropical, tempéré ; l'effort pour s'adapter à autant de soleil.

Il m'a dit l'affolement du paysan confronté aux embouteillages de la ville, l'effarement de celui qui passe de la quiétude des montagnes au bourdonnement d'une tour de Babel.

Il m'a dit aussi l'angoisse qui l'a étreint à entendre parler tant de langues différentes autour de lui, alors qu'il ne connaissait que l'accent coupant et profond des cow-boys du Wyoming. Le peu d'espagnol qu'il parlait, il l'avait appris là, auprès des chicanos de son nouveau quartier. Pour eux, il était l'étranger. Et, en effet, il l'était.

À ce sujet, me revient ce moment de nous deux : nous sommes étendus, l'un près de l'autre, de la sueur perle à nos épaules, sur nos ventres et je demande à Jack de prononcer quelques mots en espagnol, il hésite tout d'abord, a peur du ridicule, assure que son accent est épouvantable, invente mille excuses pour ne pas accéder à ma demande et, comme j'insiste, il finit par s'exécuter. Il se lance alors, sa voix est hésitante, il bute sur les mots, n'est pas certain des conjugaisons, des accords, se trompe. Je lui assure que je n'entends rien à cette langue, il peut donc continuer sans craindre ma moquerie. Il poursuit son étrange monologue, son débit devient plus fluide, plus assuré. J'écoute Jack parler, faisant mine de prêter l'oreille à une musique douce et de ne rien comprendre aux paroles, comme on le fait d'une chanson étrangère. Et puis son débit se ralentit, on dirait qu'il est tout à coup plein d'une certaine solennité. Les mots que Jack prononce alors sont des mots d'amour et cela me bouleverse absolument. Je ne réponds rien. Je ne suis pas supposé répondre puisque je ne suis pas supposé comprendre. La vérité, c'est que, pour des raisons qui seraient trop longues à expliquer, l'espagnol n'a presque pas de mystères pour moi. Je me hisse sur lui, j'écrase ma bouche contre la sienne, je ne lui révèle pas que rien ne m'a échappé, dans ses aveux espagnols.

Jack m'a raconté également les premiers jours dans un appartement sans grand charme, mais très bien tenu, dont les fenêtres s'ouvraient sur Curson Avenue. Il avait sa chambre pour lui tout seul. Sa tante était célibataire. Les femmes qui, d'emblée, ont un air aussi sévère, malgré une taille de guêpe et des jambes fines, découragent les hommes, avait-il précisé. Jenny n'avait pas eu d'enfant, il ne l'avait pas prise pour sa mère, les choses avaient été claires dès le commencement.

C'est elle qui, un soir, en rentrant du bureau, lui avait glissé : « Ça te dirait de jouer dans une publicité ? » On cherchait un gamin de dix ans, avec une tête d'ange. Elle avait montré sa photo, les gens de l'agence s'étaient montrés intéressés. Pour le convaincre, elle avait ajouté : « Ça ne te prendra qu'une journée. » Mais il n'avait pas eu besoin d'être convaincu. Il avait dit oui, sans réfléchir. Trois ans et quelques apparitions plus tard, il effectuait ses débuts au cinéma dans un film de seconde zone, destiné aux teenagers, et dont le succès avait surpris jusqu'à ses producteurs.

L'année d'après, c'était *Dérive*, à mi-chemin entre *Harold et Maud* et *Mort à Venise*, mais dans une version très Hollywood. L'histoire d'une star déclinante fascinée par un adolescent dont on ignore jusqu'au dénouement s'il est pur

149

ou pervers. Un clin d'œil à Gloria Swanson, descendant le grand escalier dans *Sunset Boulevard*. Et une apparition chavirante, un peu comme vient de faire ce type, Brad Pitt je crois, dans un film sorti il y a quelques semaines, *Thelma et Louise*. Le sexe explicite en moins !

C'était un conte de fées, au fond, le parcours de Jack Bell. Un orphelin du Middle West, avec un accent impossible, devenait star du jour au lendemain. Les magazines en ont raffolé. Tous les garçons rêvaient de lui ressembler, toutes les filles de l'embrasser. Et les parents étaient sous le charme. Que demander de plus ?

L'équilibre, peut-être.

Il prétendait que la gloire soudaine et précoce peut détruire plus sûrement qu'un revolver pointé sur une tempe.

Nous étions encastrés l'un dans l'autre, dans l'eau tiède d'un bain. Le dos de Jack prenait appui sur mon sexe, mon ventre, mon torse, sa tête partait en arrière calée contre mon épaule, je caressais sa peau savonneuse et chaude, je jouais avec les poils qui couraient de son nombril à son pubis, lorsque la chair a frémi presque imperceptiblement. J'ai compris après coup que les images d'une adolescence en forme de looping avaient subitement défilé en surimpression.

Sa voix a chevroté légèrement. Ce n'était pas grand-chose, juste une poignée de secondes, comme une hésitation, un vacillement mais on y aurait logé toutes les névroses du monde. Sous mes doigts, j'ai senti la peau se tendre, le bras se crisper, j'ai fait celui qui ne s'apercevait de rien. Visiblement, Jack n'était pas revenu entier de son ascension foudroyante et de sa chute brutale. Il lui restait une mémoire mauvaise, des incendies mal éteints.

Je me rappelais le topo de McGill à ce sujet. En cette circonstance, mes réflexes de policier ont repris le dessus. Et je me suis senti mal à l'aise. Je n'avais pas tellement envie que cette évocation du passé ravive ses blessures et, en plus, me ramène à ma curiosité de flic. J'ai dit : « On peut parler d'autre chose. » Jack n'a pas répondu, ce qui était sa façon d'être d'accord. Il s'est lové encore un peu plus contre moi. J'ai eu la sensation de serrer entre mes bras un tout petit enfant.

Lorsque nous sommes sortis de la baignoire, j'ai séché son corps au moyen d'une serviette bon marché, un peu râpeuse, que je tamponnais plutôt que de la frotter, pour ne pas l'irriter. J'ai cherché ses yeux, il a consenti à me les donner. Jusque-là, je croyais que ce genre de gouffre, a priori, n'était pas si terrible. Il y avait des sorts plus cruels que de simplement tomber de son piédestal. Pourtant, dans la misère de son regard, j'ai aperçu des tourments, des névralgies inavouables, des souvenirs pénibles où se télescopaient de la honte, du ressentiment, de la colère. J'ai admis que certaines portes me seraient interdites, que certains verrous ne sauteraient pas.

J'ai tenté d'imaginer pour moi-même la chute d'un ange : les rapaces qui entourent la nouvelle

152

coqueluche, distillant les bons et les moins bons conseils, les journalistes disposés à jouer le jeu mais à l'affût tout de même du premier faux pas, les célébrités qui appellent, exigent votre présence avec des minauderies dans les fêtes les plus courues du moment, le film d'après tourné trop vite, sorti prématurément pour surfer sur la vague et qui se fracasse lamentablement, les échos peu flatteurs, les critiques vengeresses, les rumeurs méchantes, le désordre et le scepticisme qui s'installent, les fréquentations douteuses, les virages mal négociés, l'argent facile dépensé sans compter, les verres de trop, les rails de coke au petit matin dans des salles de bains en marbre, les nuits trop courtes, la carcasse qui ne suit plus, et, un jour, l'erreur fatale, le photographe au mauvais endroit, au pire moment, le cliché qui tue, le jeune homme pris la main dans le sac, le rail de trop au bord d'une piscine au terme d'une soirée chaotique, la curée qui commence aussitôt, les « amis » qui désertent, les commentateurs qui pilonnent, les soutiens qui se mettent aux abonnés absents, le téléphone qui ne sonne plus, l'organisme bousillé qui réclame ses doses ; et l'enfant-roi finit dans le caniveau. Cela ne m'a pas demandé beaucoup d'efforts d'invention.

Mon sentiment était qu'il y avait peut-être autre chose, un accident innommable, un épisode gardé secret, une violence dont on ne se débarrasse jamais. Mais je n'en ai jamais cherché la confirmation. Cela appartient aux pages blanches de Jack Bell. Vous savez, ces pages qu'on n'ose pas noircir, de peur qu'un tiers ne les lise, un jour.

Je n'ai pas oublié la route du dimanche soir, le silence épais entre Jack et moi dans la voiture filant à toute allure, le silence d'avant les séparations. Celui de l'aller était plein de promesses, de désirs, de peur, de soleil. Celui du retour était saturé de nuit, de regrets, de dangers. L'océan figurait une masse noire et hostile. Les villes traversées portaient le souvenir des heures qui avaient précédé les étreintes. Les miles avalés nous ramenaient à la vie d'avant. Ce qui nous attendait nous déplaisait confusément même si ce qui nous attendait, aucun de nous n'osait mettre des mots dessus.

Je passais par des états contradictoires. Le voyage me semblait interminable, j'aurais voulu apercevoir déjà les lumières vulgaires de Los Angeles. Et puis, juste après, le bolide roulait trop vite, j'aurais aimé qu'il ralentisse, comme on réclame un peu de temps au bourreau qui va nous électrocuter. Par intermittence, je me tournais vers Jack, il avait ses mâchoires serrées et sa nuque bien droite.

À deux reprises, il a posé sa main sur ma cuisse, sans cesser de tailler la route, de scruter les pointillés de l'autoroute. J'ai pensé : c'est un geste de tendresse, de ces gestes qu'on ne sait pas retenir, qui s'imposent, tentent de fixer un sentiment, de témoigner un attachement. Et puis, aussitôt, dans un effet de balancier caractérisant assez bien mon état d'esprit, je n'ai pas pu m'empêcher d'y déceler la marque d'un adieu. J'ai cherché des yeux l'océan. Une fois encore, je n'ai eu droit qu'à une masse noire.

Il était plus de minuit quand nous avons bifurqué sur Washington Street. Jack a garé sa voiture sur le côté, non loin du 1225. Assez loin cependant pour nous mettre à l'abri des regards gênants, dans la drôle d'obscurité qui se niche entre deux lampadaires. Il connaissait l'adresse, il s'y était rendu une fois, y avait dégusté des pâtes : nous étions à deux pas de chez moi.

Nous sommes restés plusieurs minutes dans la Spyder à l'arrêt, sans être foutus de prononcer la moindre parole. Ça ne sortait pas. Au début, nous n'arrivions même pas à nous adresser ne serait-ce qu'un coup d'œil. Je ne sais pas qualifier cet état précisément, un mélange de tristesse, de terreur, d'embarras. Et puis, nous avons réussi à nous tourner lentement, maladroitement, l'un vers l'autre. C'était tellement difficile, tellement douloureux. Les images du week-end surgissaient, se brouillaient, se déformaient. Il fallait désormais nous arracher l'un à l'autre, nous déprendre, mettre une distance, peut-être un monde entre nous.

Et c'est cela que nous redoutions sans nous l'avouer.

Le monde entre nous.

À nouveau.

Ou alors il fallait ne plus nous quitter.

Jamais.

Il aurait suffi de très peu pour que rien ne nous sépare. Il aurait suffi de quelques mots, ou d'un baiser, ou d'un regard trop long. Il aurait suffi de le décider. Mais ce presque rien n'est pas venu. Cet événement infime ne s'est pas produit.

Nous nous en sommes tenus au silence.

Je suis descendu de la voiture. Avant de claquer la portière, j'ai lancé : « À un de ces jours », et j'ai commencé à marcher sur le trottoir en direction de la maison. La voiture a démarré en trombe, m'a dépassé et a tourné au coin de la rue. Je ne l'ai pas regardée disparaître.

J'ai senti mes jambes vaciller, je me suis retenu à la rampe d'escalier devant l'immeuble, je ne suis pas tombé. Je ne suis pas tombé.

La semaine qui a suivi l'expédition de Monterey, franchement je m'en souviens mal. Avec le recul, elle me paraît encore cotonneuse, imprécise, presque inconsistante.

D'abord, bien sûr, il y a eu les retrouvailles avec Laura, dans l'obscurité de la chambre. J'ai fait tous les efforts possibles pour ne pas la réveiller, elle a fini par sentir ma présence au moment où je me suis faufilé entre les draps, s'est rapprochée de moi dans un demi-sommeil, pour m'enlacer mais elle ne s'est pas vraiment réveillée. Son corps contre moi, cette nuit-là, m'a paru un arbre mort. Ses bras, des branches nues.

Au matin, elle a dit : « Je n'aime pas quand tu pars. Tu m'as manqué, si tu savais », en déposant des toasts devant moi, sur la table du petit déjeuner. Elle ne m'a posé aucune question sur l'enquête. Je l'ai observée tandis qu'elle s'affairait devant le micro-ondes. Son chignon était relevé sur sa nuque. Je me répétais : « Fais très attention, ne perds pas ça, cette chose précieuse, son amour, une belle vie, une vie simple et paisible, un avenir. » Je me suis levé pour aller l'embrasser dans le cou. Elle a gémi en souriant.

Et puis, j'ai retrouvé McGill au bureau. Durant mon absence, la terre avait tourné comme tous les autres jours. On n'avait rien appris de neuf sur la mort de Billy Greenfield et cela m'a soulagé. Pour le reste, c'était la routine : du tapage nocturne, un cambriolage, un suicide. On avait coffré deux types qu'on s'apprêtait à relâcher. On prenait des dépositions. On procédait aux vérifications d'usage. On faisait patrouiller une brigade dans les rues pour rassurer. Pas de quoi fouetter un chat.

Je suis à peu près certain d'avoir fait correctement mon boulot. Et peut-être même mieux que ça. Je me concentrais sur ce qu'on me racontait, donnais des directives, recoupais les informations, transmettais mes rapports au bureau du maire, on ne pouvait rien me reprocher. Personne n'aurait pu soupçonner ce qui était survenu le week-end précédent. Ce n'était même pas une performance. On aurait dit que j'avais tout oublié.

Je ne souffrais pas vraiment. En réalité, j'avais pris une décision, sans le formuler de la sorte. Évacuer Jack Bell de mon existence. Faire comme si rien n'avait eu lieu. Rayer pour toujours ces soixante-douze heures. Reprendre le cours normal de ma vie. Au fond de moi, je devais penser : cette incartade est inexplicable, incohérente, elle est sans rapport avec ce que je suis, elle est une aberration, prenons-la comme telle. J'étais convaincu qu'elle ne révélait rien de moi et serait donc sans conséquences. Ou plutôt je m'en persuadais. Je cherchais à m'en tenir à cette certitude raisonnée. Je plaidais la démence momentanée, occultant le plaisir surgi des profondeurs.

Le silence de Jack me confortait. Il signifiait que lui aussi avait choisi de tout effacer. Qu'il s'en était retourné, logiquement et sans mal, à ce qui faisait ses jours. Il avait sans doute renoué avec la rousse affamée. Des producteurs l'avaient sûrement harcelé. Et des journalistes, des amis. Il s'était vraisemblablement rendu à des réceptions, à des avant-premières. Il fourmillait forcément de nouveaux projets. On lui conseillait des scénarios. Il était attentif et disponible.

Ce n'était pas si compliqué.

Et puis, le manque est arrivé, dans le moment où je m'y attendais le moins, il est arrivé alors que j'avais presque fini par croire à mon amnésie. C'est terrible, la morsure du manque. Ça frappe sans prévenir, l'attaque est sournoise tout d'abord, on ressent juste une vive douleur qui disparaît presque dans la foulée, c'est bref, fugace, ça nous plie en deux mais on se redresse aussitôt, on considère que l'attaque est passée, on n'est même pas capable de nommer cette effraction, et pourquoi on la nommerait, on n'a pas eu le temps de s'inquiéter, c'est parti si vite, on se sent déjà beaucoup mieux, on se sent même parfaitement bien, tout de même on garde un souvenir désagréable de cette fraction de seconde, on tente de chasser le souvenir, et on y réussit, la vie continue, le monde nous appelle, l'urgence commande. Et puis, ça revient, le jour d'après, l'attaque est plus longue ou plus violente, on ploie les genoux, on a un méchant rictus, on se dit : quelque chose est à l'œuvre à l'intérieur, on pense à ces transports au cerveau qui annoncent les tumeurs, qui sont le signal enfin visible de cancers généralisés jusque-là insoupçonnables, on éprouve une sale frayeur, un mauvais pressentiment. Et puis, le mal devient lancinant, il s'installe comme un intrus qu'on n'est pas capable de chasser, il est moins mordant et plus profond, on comprend qu'on ne s'en débarrassera pas, qu'on est foutu. Oui, un jour, le manque est arrivé. Le manque de lui.

Au début, j'ai fait comme si je ne m'en rendais pas compte, le traitant par l'indifférence, par le mépris, je me savais plus fort que lui, j'étais en mesure de le dominer, de l'éliminer, c'était juste une question de volonté ou de temps, je n'étais pas le genre à me laisser abattre par quelque chose d'aussi ténu, d'aussi risible. Et puis, il m'a fallu me rendre à l'évidence : ce match, je n'étais pas en train de le gagner, j'allais peut-être même le perdre, et je ne possédais pas le moyen d'échapper à cette déroute, et plus je luttais, plus je cédais du terrain ; plus je niais la réalité, plus elle me sautait au visage. Autant le reconnaître : j'étais dévoré par ça, le manque de lui.

J'ai commis des gestes désespérés. Je dis : désespérés parce qu'ils étaient inutiles et je m'en doutais, même si je me refusais à l'admettre vraiment. Par exemple, j'ai répété jusqu'à la nausée des mots d'amour à Laura, moi qui en prononçais si peu, et plus je les disais et plus ils étaient faux, mais elle ne faisait pas la différence avec les vrais. J'ai imaginé un avenir, pour le temps où l'enfant serait là. J'ai dit : ce serait bien, une maison plus grande, on va déménager, et puis, des enfants on en aura peut-être d'autres, il faut y songer. Et les mots sonnaient creux, je ne me voyais pas les faire, ces enfants. Je ne me voyais même pas accueillir celui qui serait là bientôt. Et Laura était heureuse. Et c'était terrifiant, son bonheur, mes mensonges, l'engrenage.

Ça me rongeait. Jack devenait une obsession et j'accomplissais des efforts chaque jour plus grands pour ne pas me trahir. À McGill, je répondais à côté lorsqu'il suggérait de mener un nouvel interrogatoire. Son intuition était proprement sidérante : il était convaincu que Jack ne nous avait pas tout raconté, je l'écoutais à peine. Et pourtant, je n'avais qu'un souhait : parler de Jack, parler à Jack, ça me brûlait, j'avais besoin de prononcer son nom, de provoquer une rencontre, je finissais par prétexter une envie de fumer pour m'en tenir au mutisme, à l'éloignement, j'allais retrouver l'air pollué du dehors.

Il existe un verbe pour cela : s'automutiler. Je songe à ces blessures que je m'infligeais, invisibles à l'œil nu, et qui saignaient au-dedans. Ces scarifications mentales. Elles parlent de moi aussi. Elles disent qui je suis.

Il m'arrive régulièrement de repenser à ces semaines au cours desquelles j'ai menti. Menti aux autres et à moi. Ces semaines de mystification. Je n'en suis pas très fier, bien sûr mais je n'ai pas su faire autrement, il me fallait en passer par là.

En moi-même, je dénichais des excuses, invoquais ma situation personnelle, ma situation professionnelle, le regard des autres. En secret, je redoutais la perte de tout ce sur quoi j'avais construit ma vie mais ce n'étaient que de pauvres dérobades, une défense lamentable. En silence, je construisais des remparts illusoires, des digues imaginaires mais les assauts étaient chaque fois plus violents. Aucun barrage n'aurait été assez puissant pour résister.

En réalité, j'enrageais. J'enrageais parce que cet amour, comment l'appeler autrement, cet amour défiait mon propre entendement et ma propre volonté.

Très rapidement, la question n'a plus été : vais-je lâcher mais quand ?

Ce qui me sauvait ? La disparition de Jack. Je me répétais : il est passé à autre chose, il a oublié Monterey, il n'a pas envie de « nous ». Si je devais le croiser à nouveau, de toute façon, je me heurterais à son incompréhension, à son embarras. Il me ferait comprendre que nous n'avions pas vécu la même histoire, et que je n'avais rien à espérer de lui. Cette humiliation programmée me mortifiait, évidemment mais je m'y accrochais comme à une planche de salut. Je me disais : Jack, s'il le faut, brisera le cercle vicieux.

Et, un matin, il a été là. Devant chez moi. Assis dans sa voiture. Il m'attendait.

Je venais d'avaler un café brûlant, d'embrasser Laura, de claquer la porte de la maison, j'étais en retard, j'enfilais une veste en pressant le pas, slalomant sur le trottoir entre les poubelles et les vélos et j'ai reconnu la voiture, et ça m'a paralysé dans la seconde, j'ai cessé de me débattre avec ma veste, une manche pendait dans le vide, je devais être un peu ridicule, j'ai contemplé la silhouette immobile derrière le pare-brise teinté, je suis resté quelques instants sans bouger et j'ai repris ma marche lentement, très lentement, comme une personne qui retrouve l'usage de ses jambes, j'ai fini d'enfiler ma veste, je me suis approché, j'ai ouvert la portière, je me suis installé à la place du mort.

Il a dit : « Où allons-nous ? » J'ai répondu : « Venice Beach. » La voiture a démarré en trombe.

Dix-huit jours. Nous avons tenu dix-huit jours.

J'ai précisé l'adresse : 401, Ocean Front Walk. Je n'y avais jamais songé avant, pourtant. Même lorsque des images de retrouvailles me venaient, ce n'était jamais là, jamais comme ça. D'ailleurs, c'étaient des images toujours floues, le décor était imprécis, l'heure de la journée était vague, c'était l'idée d'un rendez-vous qui s'imposait, davantage que ses circonstances. Ce qui importait, c'était les visages, l'affolement des regards, le rapprochement des corps, maladroit ou brusque, le vertige des mots prononcés, le reste comptait peu, et je n'étais pas très imaginatif.

Mais voilà, quand il s'est agi de trouver un lieu, une destination, une adresse s'est imposée. L'adresse la moins évidente, a priori, la plus scandaleuse, ou la plus dangereuse : celle du motel où travaillait ma mère. Des motels, ce n'est pas ce qui manquait, le long de la côte, ou ailleurs. Des hôtels, la ville en regorgeait. Et les endroits discrets, j'en avais entendu parler. J'ai choisi le lieu le plus improbable. Donc le plus approprié.

Je n'avais jamais mêlé ma mère à mes affaires, ni de cœur ni de boulot, ne l'avais jamais informée de la manière dont se déroulaient mes jours, il était convenu qu'elle me laissait vivre ma vie, nous nous téléphonions une fois par semaine, c'était suffisant, aucun de nous n'aurait songé à s'en plaindre. Nous nous aimions, à notre manière. Sans effusion.

Bien entendu, ma mère fréquentait Laura, elle avait été heureuse de me voir épouser cette fille-là, elle était contente de savoir que j'allais être père bientôt, Laura et elle se parlaient quelquefois, elles s'arrangeaient bien toutes les deux, préparaient l'arrivée du bébé. Mais elle n'était pas envahissante.

Elle avait un seul regret, jamais exprimé ouvertement : elle aurait préféré que je choisisse un autre métier. Elle n'éprouvait pas de honte, pas du tout, n'ayant pas nourri de rêve de réussite que j'aurais déçu, non, elle ressentait juste un peu d'inquiétude : mon accointance quotidienne avec les voyous ne l'enchantait guère, même si elle avait fini par s'habituer.

172

Me présenter avec Jack devant elle, je suis prêt à admettre que c'était une incongruité, un événement imprévisible et certainement un geste déplacé. On aurait pu parler aussi de provocation, de scandale. C'est pourtant ce que j'ai fait. De temps en temps, sans raison et sans appréhension, les fils font une confiance absolue à leur mère.

Jack a garé la voiture sur Dudley Avenue, à l'angle de l'hôtel. La circulation est interdite sur la promenade et on avait, depuis peu, installé un parking dans cette ruelle. En descendant du véhicule, Jack a contemplé la grande bâtisse, l'escalier métallique, les traces d'un passé prestigieux, cela lui a plu instantanément. Moi, j'ai scruté la plage, aussitôt les effluves de mon adolescence me sont revenus. J'avais été heureux ici. Je pouvais l'être encore.

Ma mère se tenait derrière le comptoir lorsque nous sommes entrés dans le lobby. Elle a été surprise de me voir : d'ordinaire, je ne manquais pas de la prévenir de mes – rares – visites. Et puis, elle a aperçu Jack. S'est raidie. Non pas parce qu'elle l'avait reconnu mais parce que sa présence à mes côtés lui a semblé ne rien annoncer de bon. Je les ai présentés l'un à l'autre, sans fioritures, sans explication. Ils se sont salués, avec une grande sobriété, mais sans froideur.

J'ai dit : « Je voudrais une chambre pour Jack et moi. » Elle a laissé passer quelques secondes et m'a dit : « La 401 est libre. »

En m'engouffrant dans l'escalier qui conduisait au quatrième étage, je me suis retourné en direction de ma mère, voulant emporter son visage avec moi, comme une approbation. Je me souviens d'une expression très douce, et d'un regard très pur, oui, c'est ce terme-là qui m'est venu : pur. On aurait dit que ce regard était lavé de tout le passé, débarrassé des interrogations, des doutes, des frayeurs, et qu'elle le posait sur moi avec une sorte d'apaisement. Elle avait visiblement trouvé une réponse à une question que je ne m'étais jamais posée.

En montant les marches, j'ai observé Jack qui me précédait, avais-je jamais eu envie d'un corps comme j'avais envie de celui-ci ? Et m'étais-je jamais senti autant en harmonie avec un être ?

Les murs de la chambre étaient d'un vert pastel, les fenêtres s'ouvraient sur la plage et la mer, un bouquet de fleurs fraîchement coupées était disposé dans un vase, sur une table ronde en angle, et je me suis amusé à considérer ce hasard comme une attention particulière.

Jack me faisait face avec un sourire rassuré, il s'est mis à toucher mon visage, à passer sa main sur ma joue, à immobiliser le bout de ses doigts sur mes lèvres, à ébouriffer mes cheveux, et moi, je ne bougeais pas, je le laissais faire, nous avions égaré la frénésie de la première fois à Monterey, nous nous en remettions à la lenteur.

L'amour s'est fait calmement. Quand ses gémissements se sont invités dans les étreintes, j'aurais pu pleurer. Quand le plaisir a surgi, une larme a finalement roulé, que je n'ai pas songé à effacer.

Quand les corps sont retombés, rompus par une belle fatigue, nous sommes restés étendus sur les draps, j'ai reposé ma tête sur son torse encore agité de spasmes et j'ai dit : « Dix-huit jours. » Il a répondu : « Ne me laisse plus. Ne me laisse plus jamais. » C'est le seul serment que nous ayons jamais échangé.

Un long et épais silence s'est écoulé, auquel Jack a mis fin, hésitant et curieusement cérémonieux. D'un coup, il m'a paru préoccupé, solennel. J'avais confusément repéré un peu plus tôt une certaine tension dans ses réponses lacunaires, dans ses paupières affolées, mais sans la prendre pour de l'anxiété. Et puis, un trouble n'était pas anormal, à l'instant des retrouvailles, à l'heure des engagements tacites et fous. Là, subitement, je percevais un malaise, un vertige peut-être. Jack essayait de me témoigner quelque chose, tentait de se délester d'un aveu.

Au fond de moi, j'ai spéculé sur une déclaration. Je veux dire : une proclamation amoureuse explicite. Ce n'était pas son genre pourtant. Ni le mien. Mais le moment pouvait se prêter aux confessions. J'étais vaguement inquiet, je n'avais rien préparé et me savais peu doué pour les déballages intimes.

Jack s'est dégagé de mon étreinte, redressé sur le lit, nous nous sommes agenouillés l'un face à l'autre, l'océan roulait ses vagues dans mon dos, Jack a pris sa respiration.

« C'est moi qui ai tué Billy Greenfield. »

Mes genoux se sont enfoncés mollement dans les draps, je me suis affaissé lentement, prenant appui sur l'arrière de mes pieds, Jack a suivi le même mouvement, je le contemplais comme s'il m'apparaissait pour la première fois. Le soleil jetait, sur le parquet de la chambre, une flaque de lumière qui m'a aveuglé.

D'abord, l'incrédulité.

Oui, dans le blanc des premières secondes, j'ai pensé qu'il mentait, ou plutôt je n'ai pas réussi à croire à sa culpabilité, c'était hors de ma portée, c'était trop loin de moi. Un défaut d'imagination, sans doute : je ne l'avais jamais, jamais envisagé en assassin. Un a priori, aussi : même au prix d'efforts gigantesques, ce garçon-là, fragile, émouvant, ne présentait en rien le profil du tueur. Un réflexe enfin : je ne pouvais pas coucher avec un meurtrier, c'était impossible, voilà.

Néanmoins, on n'avoue pas un crime si on en est innocent. On ne se dénonce pas sans raison. On s'accuse du pire uniquement si on l'a commis. Il m'a donc fallu admettre, alors que de toutes mes fibres je le refusais, que Jack était sans doute en train de me dire la vérité.

Alors, la colère.
La colère contre lui. Il avait tué un homme, accompli l'irréparable. Quelle que soit la manière dont je me préparais à considérer cette situation nouvelle, il restait cela, cette chose dure et têtue : il avait ôté la vie. Il avait basculé, même pour quelques instants, dans le monstre. Dans l'inacceptable.
La colère contre moi. Je n'avais rien vu. Tous mes sens avaient été pris en défaut, toutes mes intuitions. Rien ne m'avait alerté. Cet aveuglement, c'était comme une faute professionnelle, comme la négation de ce que je prétendais être. J'oubliais que la cécité, c'était de l'amour aussi.

Ensuite, le doute.
Le doute affreux. Et s'il m'avait séduit pour espérer s'en sortir ? Et si tout, depuis le commencement, n'était qu'une immense mascarade destinée à m'amadouer ? Une imposture pour sauver sa peau ? Une manipulation extraordinaire ? On couche avec le flic chargé d'élucider un meurtre qu'on a perpétré. Il se taira, par affection ou par peur du scandale. C'était assez bien joué. Je n'ai pas

pu m'empêcher d'être traversé par cette spéculation. Aujourd'hui, je le regrette. Cette infime portion de temps, au cours de laquelle j'ai hésité, est la seule entaille à ce qui nous unissait. La seule tache.

Presque aussitôt, donc, la certitude.

Celle qu'il ne m'avait pas trompé, qu'il ne s'était pas servi de moi. Ce qui nous arrivait était trop inintelligible pour avoir été décidé, réfléchi, organisé. Notre histoire échappait à la rationalité, au calcul. Elle n'était pas le produit d'une stratégie, le résultat d'une manœuvre. C'était une vérité posée là, indiscutable, irréductible. Une passion comme celle-là, incandescente, effrayante, était inconciliable avec la froideur, la détermination. Absolument incompatible avec une quelconque préméditation.

Alors, la résolution.

Vertigineuse.

Proprement vertigineuse.

Celle de prendre cette culpabilité avec moi, d'assumer le crime, de l'accepter sans réserve, sans discussion. Celle de protéger Jack de tout ce qui pourrait le trahir, lui nuire. Celle de devenir son complice. Oui, en un éclair, j'ai choisi d'agir contre tous mes principes, tous mes devoirs. J'ai choisi mon camp. Et, pour la première fois, ce n'était pas le bon.

Seulement voilà, c'est une affaire compliquée, cette affaire de bon et de mauvais camp. Une question de perspective. Moi, je n'ai pas du tout eu le sentiment de faire le mauvais choix. Je venais de franchir une frontière, et on me le reprocherait, et moi, je songeais : de toute façon, je ne pourrais plus vivre en demeurant de l'autre côté.

Jack, comme s'il avait suivi le cheminement de ma pensée, a posé sa tête au creux de mes hanches. J'ai caressé ses cheveux. Le soleil continuait à jeter une flaque sur le parquet de la chambre. Désormais, j'allais faire l'amour avec un assassin.

Nous avons grimpé sur le toit de l'hôtel. Il y avait là une terrasse où j'aimais me réfugier lorsque je n'étais pas encore un homme. Je n'y étais jamais dérangé, les clients préférant le sable de la plage. On l'avait aménagée joliment, elle donnait sur les toits des maisons autour et sur la mer. Elle sentait l'eucalyptus, j'en connaissais le parfum aussi, ma mère me l'avait appris, comme celui des bougainvillées. Ma mère, toujours elle, venait m'y rechercher, le soir venu. Elle ne s'étonnait pas des longs moments de solitude que je m'octroyais. Ni de mon oisiveté. Depuis la mort de ma sœur et de mon père, elle me laissait tranquille.

Accéder à cette terrasse, c'était renouer avec les heures protégées de l'adolescence. Jack m'y a suivi sans m'interroger. Nous nous sommes accoudés au balcon et il m'a raconté l'histoire, celle qui conduit au meurtre d'un jeune prostitué, au creux d'une douce nuit de juin.

Leur rencontre, je la connaissais. Il m'en avait fourni les détails. Ce que j'ignorais, c'était la suite : Jack et Billy s'étaient revus, seul à seul. Au début, ce n'était qu'un petit commerce. Mais Billy s'est peu à peu pris au jeu. Il aimait à entrer par des portes dérobées, à se retrouver dans la maison cossue d'une star, à se servir des whiskies, à s'affaler dans des canapés de luxe, à lézarder au bord de la piscine, à faire ami-ami avec la gouvernante et Jack ne s'y opposait pas, laissant faire, ne flairant pas de danger, n'envisageant aucun attachement. Ce n'était pas si grave après tout, les vies de ses amis étaient remplies de ces parasites qui se croyaient les rois du monde et qu'on chassait du jour au lendemain quand ils cessaient d'amuser ou devenaient importuns. Et puis Billy était un garçon adorable, avec ses émerveillements enfantins et un désir de revanche sociale en bandoulière. Parfois, bien sûr, il paraissait un peu dérangé : il avait des emportements, des virulences imprévisibles, des sautes d'humeur, des tristesses passagères, des abattements qui ne duraient jamais, des absences inexpliquées. Mais l'autre mettait ces changements de comportement sur le compte de sa jeunesse et du drôle de métier qu'il exerçait.

Jack a commencé à lui offrir des vêtements, à lui prêter sa moto, à l'entretenir, à sa façon, et sans s'en rendre compte. Et le gamin a cru qu'il était désormais un membre du cercle, admis dans le petit monde de Jack Bell. À partir de là, les choses se sont gâtées.

Jack prenant conscience que Billy perdait le sens des réalités lui a demandé de venir moins souvent et n'a pas mesuré combien cette mise à l'écart le blessait. En réalité, le micheton, rendu à sa condition, s'est mis à ronger son frein, refusant d'expliquer à ses proches ce qui l'obsédait, persistant à conserver le secret de sa relation, espérant reconquérir Jack, dépérissant à vue d'œil, multipliant les passes et les trafics, s'exposant au danger, accumulant de la rancœur mais ne parvenant pas à se débarrasser de la tendresse.

Et puis, les premiers coups de téléphone agressifs sont arrivés. Billy reprochait à Jack de l'avoir abandonné et humilié et menaçait de révéler à qui voudrait l'entendre les turpitudes cachées de l'enfant chéri de Hollywood. Jack a tenté de le calmer, de l'amadouer mais rien n'y a fait et, quand l'argent s'est mis à manquer, Billy est passé au stade du chantage. Les choses se sont envenimées, un sale engrenage s'était enclenché et Jack ne voyait pas ce qui pourrait l'enrayer.

À part la mort de Billy.

Un rendez-vous a alors été fixé, celui qui figurait sur le calepin. Officiellement, les deux devaient se parler d'homme à homme, tâcher de régler leur différend et peut-être renouer un lien « normal ». C'est en tout cas ce que Jack avait laissé entendre au téléphone. Ce soir-là, à l'heure dite, le petit s'est présenté au domicile de Beverly Hills, et la conversation s'est engagée. Au commencement, les paroles ont été assez vives, il fallait que chacun vide son sac, mais, l'alcool et la nuit aidant, les échanges se sont apaisés. Sur le coup de trois heures du matin, Jack avait oublié son projet fou, tuer Billy Greenfield.

Pourtant, sur un incident de rien du tout, une phrase mal comprise, une intonation bagarreuse, le ton est monté à nouveau, les plaies se sont rouvertes, béantes, la mauvaise bile s'est à nouveau déversée, et Billy passablement ivre est devenu incontrôlable. Il vociférait, faisait de grands gestes hallucinés en ombre chinoise derrière la baie vitrée qui dominait la ville, il hurlait, renversait des objets, il allait ameuter tout le quartier, il fallait le faire taire. Une sculpture en bronze se trouvait à portée de main, elle s'est fracassée sur la tempe de Billy.

Il y a eu cela, d'un coup, le corps inanimé d'un prostitué de vingt ans, sur la moquette impeccable, aux pieds d'une star de cinéma.

Faire disparaître le cadavre s'est aussitôt imposé comme une évidence. Jack l'a chargé

dans la voiture, à ses côtés, il est sorti discrètement, s'est engagé dans une des ruelles, à la
perpendiculaire du boulevard, il a ouvert la
portière et fait rouler le corps sans vie de Billy
Greenfield dans l'herbe fraîche. Voilà.

J'ai écouté Jack sans l'interrompre. Par moments, je jetais un œil à la promenade en contrebas, apercevant des grappes de touristes, des jeunes femmes seules, des surfeurs, des jongleurs et des bateleurs, tout ce monde qui m'était tellement familier et qui rapetissait tout à coup, comme s'il devenait un territoire lointain. Chaque révélation supplémentaire constituait un retranchement, un bannissement mais sans me causer aucune peine ni aucune peur. Il me semblait au contraire que mon destin s'accomplissait : mon destin était de m'écarter, de me proscrire. Jack m'entraînait là où aucune rémission n'était possible, où aucun pardon ne serait accordé, où la survie n'était envisageable qu'à condition de mentir, de se cacher, où les jours de toute façon seraient comptés puisque la vérité finit toujours par nous rattraper. Et j'acceptais ce sort. Mieux, j'allais à sa rencontre. Cette fuite en avant, je la désirais parce que Jack me la proposait. C'était comme un abandon, un détachement, une envolée avant, sans doute, qu'on ne nous abatte en plein ciel.

La plupart du temps, je restais accroché à son profil parfait. À vrai dire, j'écoutais à peine son histoire. D'abord, parce que je la connaissais, parce que rien ne pouvait m'y surprendre, c'était une histoire banale et triste, qui se terminait mal, j'en avais entendu souvent, elles figuraient sur des procès-verbaux, sur des dépositions, dans des casiers judiciaires. La seule nouveauté, c'était que mon nom y apparaissait. Ensuite, j'en savais le dénouement, et ce qui importait ce n'était pas l'histoire mais ses conséquences. J'étais perdu, nous étions perdus probablement, notre sentence était prononcée, à quoi bon s'intéresser aux détails ?

Et puis, j'étais tout entier dans cette folie qui me liait à Jack, cette nécessité indiscutable, incompréhensible, inexcusable.

Quand tout a été dit, nous avons laissé le silence s'installer, le soleil frappait fort, il inondait nos visages, et c'était agréable, cette lumière chaude sur nous, comme un baume. Il n'y avait plus pour s'insinuer dans ces instants purs que le crissement des rollers sur le goudron, les ébats des enfants, plus loin, sur la plage, et le fracas des vagues. Je n'avais jamais autant aimé le Pacifique.

Nous avons décidé, en quelques paroles brèves, de conserver le secret aussi longtemps qu'il serait possible, de nous retrouver désormais exclusivement à l'abri des regards, dans cette chambre d'hôtel de Venice Beach, de jouer la comédie devant tous les autres, de vivre nos vies comme nous l'avions toujours fait jusque-là, et cela ne nous semblait pas très difficile : avions-nous jamais été autre chose que de très bons comédiens dans des existences qui nous étaient étrangères ?

Pour le reste, nous n'avions plus qu'à espérer que rien ne trahisse Jack. Jusque-là, l'enquête piétinait et, sans éléments nouveaux, elle était même susceptible de s'enliser dans les sables. Par ailleurs, j'étais bien placé pour faire disparaître d'éventuels indices embarrassants. Nous avions quelques cartes en main. Pourtant, je n'ignorais pas que la vérité se manifeste hélas souvent, qu'elle est curieusement coriace et frappe quand on ne s'y attend pas.

Je me suis approché de Jack, me suis placé juste derrière lui, au plus près et je l'ai enlacé. J'ai dit : « Prions pour que la chance nous sourie. » À ce moment-là, le soleil inondait toujours nos visages.

Donc, la vie normale.

Comme dans l'enfance, lorsque Mr. Jansen me tripotait et que je ne laissais rien paraître.

J'étais marié, épris de ma femme, j'allais être père. Il était inconcevable que je sois amoureux d'un type de vingt-cinq ans.

J'étais un flic, sans beaucoup d'envergure, mais appliqué et apprécié de ses collègues. Je ne pouvais pas entretenir une liaison avec le témoin d'une affaire criminelle, qui s'avérait être le coupable dans cette affaire.

Jack Bell faisait fantasmer la terre entière, s'affichait au bras d'actrices ou de mannequins, pourquoi aurait-il couru le risque de briser sa carrière, d'autant que cette déconvenue lui était déjà arrivée une première fois, en se montrant au grand jour avec un compagnon improbable ?

Nous étions voués à la clandestinité. Il serait toujours temps plus tard de nous interroger sur le sens de tout ça.

Nous étions condamnés à être insoupçonnables. Il importait de ne jamais laisser le doute gangrener nos proches.

Après coup, est-ce que j'ai des remords ? Non, pas vraiment. Bien sûr, j'ai fait souffrir Laura, piétiné sa confiance, cassé ses espoirs, je l'ai abandonnée quand elle avait le plus besoin de moi. Bien sûr, j'ai enfreint la loi, trahi ma profession, trompé mes supérieurs et mes subordonnés. Mais avais-je le choix ?

C'était ça ou mourir.

Si je n'avais pas vécu cette histoire, j'aurais fini par me jeter d'une fenêtre, un de ces quatre.

Jack était plus fébrile que moi, ce qui n'était pas surprenant. Mais ce qui l'effrayait le plus, il me l'a avoué dans les derniers instants, n'était pas d'être confondu par la police et de devoir répondre d'un assassinat, non, c'était la perspective de me perdre, de deviner que nous n'aurions pas le temps pour nous. Il ignorait que les quelques semaines qui nous étaient dévolues, c'était toute une vie ensemble, qu'il nous appartenait de faire tenir tout ce que nous étions l'un à l'autre dans ces jours fragiles.

L'été a été merveilleux et tragique. Jack se dérobait à la pression des paparazzi et aux exigences des studios pour rejoindre Venice. Il échappait à la surveillance, dissimulé derrière des lunettes noires, vêtu de tenues informes, de survêtements passe-partout et s'engouffrait dans le lobby de l'hôtel, où ma mère lui remettait sans commentaire la clé de notre chambre. J'arrivais peu de temps après lui, c'était plus facile pour moi de me libérer, je prétextais un rendez-vous, j'étais libre de mon temps, seul McGill s'inquiétait de mes absences inopinées, il soupçonnait une liaison sans me le dire, je ne le détrompais pas.

Nous aimions cette urgence, ce secret, cette chose qui n'était qu'à nous, qui narguait tous les autres. Nous avions une idée des risques encourus. Quelqu'un aurait pu suivre nos traces. Nous pouvions être démasqués. Nous comptions sur notre bonne étoile. Elle a brillé tout un été.

L'enquête demeurait au point mort mais je savais mieux que personne, compte tenu de ce que Jack m'avait raconté, que des témoins étaient fichus de se présenter d'un moment à l'autre : un « collègue » de Billy auprès de qui ce dernier se serait épanché, un soir de cafard, une « connaissance » de Jack qui se serait souvenue du mort alors qu'il était vivant et entreprenant au bord d'une piscine. Ce n'était pas une épée de Damoclès qui était suspendue au-dessus de nos têtes mais une armurerie entière. En attendant d'être transpercés de toute part, nous roulions dans les draps, joyeux et exténués.

Au début du mois d'août, Saddam a pris la curieuse initiative d'envahir le Koweit. On ne savait pas grand-chose de ce type. Il avait juste l'air un peu dérangé. Son pays, on n'aurait pas été fichu de le situer sur la carte. Sur le moment, cette invasion, ça ne nous a pas paru très grave. De toute façon, rien ne nous paraissait grave. J'ai seulement pensé : au moins, les journaux vont avoir autre chose que Jack à se mettre sous la dent.

Les tours géantes de Downtown se dressaient dans un ciel embrasé, apocalyptique. À leur pied, les hommes avaient déserté. On travaillait là mais on n'y vivait pas. On quittait le soir venu ces lieux inhumains, on se réfugiait dans des maisons qu'on croyait tranquilles, dans des immeubles bas, on préférait encore les quartiers mal famés à cet ensemble privé de vie, où les reflets de la lune avaient quelque chose de métallique et d'inquiétant. La Golden State Freeway était une saignée de bitume par laquelle on s'échappait. Les voitures accéléraient et filaient vers l'océan ou le désert.

Sur le côté d'Hollywood Boulevard, les néons des sex-shops diffusaient une lumière rouge ou bleue, des rabatteurs proposaient des spectacles extraordinaires et des filles spectaculaires pour une poignée de dollars, des passants pressés arpentaient les trottoirs à la recherche d'amours négociées ou de contentements minables et solitaires dans des cabines privées, des rideaux dorés s'entrouvraient discrètement pour les laisser entrer là où ils espéraient dénicher ce qu'on leur refusait ailleurs.

Dans les quartiers à majorité noire, les enfants n'étaient pas couchés malgré l'heure tardive, ils traînaient dans les rues, écrasés par la chaleur nocturne et s'agglutinaient aux groupes de leurs grands frères qui parlaient de mettre le feu à la ville et se contentaient pour l'heure de se refiler des doses en douce. Plus loin, des garçons roulaient en skate dans des tubes de béton ou s'abrutissaient de musique, un casque vissé sur les oreilles. Il fallait bien passer le temps.

Les hispanos téléphonaient à ceux qui étaient restés de l'autre côté de la frontière, ils répétaient que l'Amérique leur avait donné leur chance, oubliaient de se plaindre, et préparaient en silence la vraie revanche sur les Blancs, qui ne manquerait pas de se produire un jour prochain. Des musiques imprécises tombaient des fenêtres, des postes de radio grésillaient sur le rebord, on ne pouvait s'endormir que dans ce doux vacarme.

À Venice, les nostalgiques du flower power reconvertis en bourgeois longeaient les fresques murales dégueulant de couleurs sans plus leur prêter attention. La nuit recouvrait les élucubrations d'artistes médiocres. Au Side Walk Café, des marginaux refaisaient le monde en tirant sur des joints. Mais le monde n'avait rien à craindre, il pourrait continuer à ne pas tourner rond.

Sur Melrose Avenue, les vitrines des boutiques chic et des magasins branchés étaient allumées de lueurs tamisées, elles abritaient des fringues hors de prix, griffées de marques internationales, des parfums au nom français, des montres rutilantes, des bijoux indécents. Les portes étaient protégées par des barrières en fer, des alarmes et des molosses. Les plaisirs des riches ne risquaient rien.

À Bel Air, les moguls se reposaient de journées trop longues dépensées à confondre l'art et le business, à négocier des contrats plutôt qu'à entretenir le feu sacré des pionniers. Des actrices lascives décrochaient un rôle dans les bras de ces producteurs compréhensifs. Des milices privées arpentaient les larges avenues, tout était en ordre.

Personne ne redoutait le tremblement de terre que tous les experts promettaient. Ni les émeutes qu'une étincelle suffirait à déclencher. Los Angeles s'enfonçait dans la nuit.

Laura était couchée à mes côtés, sans trouver le sommeil. Dans la pénombre, elle a dit : « Je serais contente de revoir Jack. Pourquoi tu ne l'invites pas ? »

J'ai d'abord gagné du temps. Fait semblant de ne pas avoir entendu. Fait semblant d'avoir oublié. Avancé que je n'entretenais plus de contact régulier avec Jack. Redouté que cette nouvelle invitation lui paraisse saugrenue. Expliqué qu'il était certainement très occupé. À chaque nouvelle trouvaille, je perdais du terrain. Et Laura ne cédait pas. Au point que j'ai commencé à m'inquiéter : nourrissait-elle des soupçons ? Son insistance avait franchement quelque chose de perturbant. On prétend que les femmes ont des ressources inimaginables, des intuitions faramineuses, j'allais finir par croire à ces conneries.

En tout cas, elle a réussi à me prendre de court. Un après-midi, Jack m'a téléphoné au bureau. Il venait de recevoir un appel de Laura, elle l'avait directement convié à dîner le lendemain, il s'y attendait si peu qu'il n'avait pas réussi à se défausser, ou à refuser poliment, il avait acquiescé piteusement, il m'en prévenait. Ses excuses bredouillées m'ont arraché un sourire. Il aurait été devant moi, je l'aurais serré contre moi, comme on le fait avec les enfants pris en faute et qu'on renonce à châtier.

Le soir, lorsque je suis rentré et que j'ai été officiellement informé, j'ai joué la comédie de la surprise et de l'agacement. Ce dîner imprévu me contrariait. J'avais envie de tranquillité, de repos, on m'imposait un invité. J'ai évité de trop en faire puisque, de toute façon, je ne pouvais rien y changer. Laura a claqué un baiser espiègle sur ma bouche pour m'amadouer et achever de me convaincre. Ce baiser avait un avant-goût de suicide.

J'avais confiance en notre duplicité mais conscience que nous jouions tout de même avec le feu. Il suffisait de si peu pour se trahir, pour être sinon démasqués au moins suspectés. Et puis, la réunion du mari, de la femme et de l'amant avait quelque chose de malsain. Je ne me sentais pas fait pour le vaudeville.

Chez Jack, j'en suis certain, il y avait de la perversité. Cette situation grotesque l'amusait, même s'il ne l'aurait jamais avoué. Sa malice était innocente, dénuée de cynisme. Mais là encore, c'est l'enfant qui se manifestait. Sûr que, dans le plus jeune âge, il avait balancé des allumettes au-dessus de bottes de foin dans les plaines du Wyoming, en pariant qu'elles s'éteindraient avant de toucher leur cible.

J'aurais dû me sentir très mal à l'aise au cours du dîner. Pourtant, dès que Jack a été là, face à moi, toutes mes appréhensions se sont envolées, et c'était évidemment un égarement. Baisser la garde nous faisait courir le risque d'être découverts. Mais parfois les choses nous échappent. Parfois, on ferme les yeux pour ne pas voir s'avancer les calamités.

Nous n'avons pas commis d'erreur, ce soir-là. Je veux dire : aucune allusion, aucun geste fâcheux, aucune évocation déplacée, rien qui puisse dénoncer le temps partagé, la parfaite connaissance de l'autre. J'ai pensé : nous allons nous en sortir, Laura ne nous percera pas à jour. Je me trompais.

En réalité, ce ne sont pas les sous-entendus ou les gestes qui nous ont trahis, c'est une attitude générale, faite à la fois de retenue excessive, de censure et de complicité profonde qui a mis la puce à l'oreille de ma femme. Elle ne s'est pas forgé une certitude. Simplement, elle a été traversée d'un doute qu'elle n'a pas su qualifier, oui, c'est ça : un doute innommable.

Une lame l'a transpercée, sans qu'elle ait vu le coup venir.

Au creux de la nuit, je l'ai transportée en urgence à l'hôpital le plus proche. Elle se plaignait d'atroces douleurs au ventre.

Au petit matin, après des heures d'attente dans un couloir blafard, on est venu m'annoncer que l'enfant était sauvé, que c'était presque un miracle, qu'il avait fallu lutter pour ne pas le perdre, mais, si la mère prenait du repos, on pouvait encore espérer qu'il naisse à terme.

Aussitôt, je suis allé rejoindre Laura dans la chambre où on l'avait installée. Sur le lit à côté d'elle, une jeune femme était contusionnée, couverte de bleus et de plaies, sa lèvre inférieure était éclatée, l'une de ses paupières était gonflée d'un sang violacé, on lui avait plâtré le bras droit, c'était un spectacle effroyable. Tandis que je tenais la main de Laura, je ne pouvais m'empêcher de jeter des coups d'œil affolés vers la femme suppliciée. Je songeais aux accidents dont on réchappe mais qui nous laissent tellement abîmés, tellement démolis. J'imaginais la toile froissée d'une voiture emboutie, la carcasse de métal fumant dont on avait extrait le corps meurtri. Plus tard, j'ai appris que cette femme était dans un tel état parce que son mari l'avait frappée jusqu'aux portes de la mort.

Laura était extrêmement faible, sa pâleur rappelait celle des cadavres, toute expression s'était retirée de son visage. Ses yeux étaient mi-clos, ses lèvres blanches, elle ne parvenait pas à sortir de la léthargie dans laquelle les sédatifs et les anti-douleur l'avaient plongée, c'était comme un coma, on aurait dit qu'elle se débattait lentement contre des ombres. On avait planté des perfusions dans les veines de ses bras. Tout son corps paraissait amorphe. En réalité, elle avait perdu beaucoup de sang, il avait fallu stopper l'hémorragie, cela avait demandé du temps.

Mais, à la fin, la vie l'avait emporté.

Je me suis approché d'elle, j'ai pris sa main, murmuré des paroles de réconfort qu'elle n'a pas entendues. Je l'ai contemplée, pauvre et misérable. Une tristesse immense m'a envahi. Et, pour la première fois, j'ai éprouvé une culpabilité. Un remords terrible. J'ai pensé : il faut arrêter cette histoire avec Jack. Il faut remettre de l'ordre dans mon existence, sauver ce qui peut l'être, m'ancrer à mon foyer.

Laura est revenue à elle, dans l'après-midi du lendemain. À ce moment-là, ma résolution tenait encore. Mais tout a basculé en une poignée de secondes, en un regard. Le regard de la femme bafouée sur l'homme fautif. C'était comme une réticence à peine perceptible et cependant très réelle. Il n'y a pas eu un mot de reproche, juste ce regard, cette hésitation fatale. Aussitôt, une distance irrémédiable s'est creusée entre nous.

Et puis, nous sommes rentrés à la maison. Un dimanche. Et nous avons essayé de reprendre une vie normale. Mais c'était vain et nous le savions. Notre sort, de toute façon, avait été scellé bien avant les heures dangereuses de l'hôpital.

Le lundi, j'ai retrouvé Jack au motel (nous ne nous étions pas revus depuis le funeste dîner). Je lui ai annoncé que j'allais perdre Laura. Et que c'était bien fait pour moi.

À la fin du mois d'août, un magazine à sensation a fait son apparition dans les kiosques, avec en une, une photo volée de Jack portant un bonnet, des lunettes, un jogging ; une photo floue, granuleuse, prise au téléobjectif. La légende évoquait « la grande solitude de la star ». En pages intérieures, on apprenait que la rousse interminable l'avait quitté. Elle se répandait en méchancetés sur son compte, dans une interview qu'elle avait dû monnayer avantageusement. Je me remémorais la nymphe laissant négligemment glisser son peignoir de bain, au bord d'une piscine. La laideur était partout. Et surtout sous le masque de la beauté.

La rousse laissait entendre que le wonderboy d'Hollywood n'était pas un très bon amant. Sur ce point, j'aurais pu la contredire mais m'en suis bien gardé. La photo, elle, m'a causé une certaine frayeur : elle avait été prise un jour où Jack était venu me rejoindre. Il était donc suivi. Nous pouvions être découverts. Des clichés compromettants circulaient peut-être déjà. Dans ce cas, la presse de caniveau hésitait-elle à les publier ? Étions-nous (provisoirement ?) sauvés par un des derniers tabous ? En effet, dans cette profession sans règles ni éthique, exercée par des types sans foi ni loi, il existe curieusement des limites à ne pas franchir. La révélation de l'homosexualité d'une personnalité reste une pratique proscrite. Jusqu'à quand ? Que devions-nous redouter exactement ?

Ce qui était certain, c'est que nous devions redoubler de prudence. Un étau invisible se resserrait. La suspicion silencieuse de Laura, la chasse des paparazzi, les progrès imprévisibles de l'enquête, tout concourait à nous maintenir dans l'insécurité. Cette insécurité provoquait chez Jack une sorte d'excitation. Le rapprochement de la menace le galvanisait. J'ignorais si c'était le moyen qu'il avait trouvé pour conjurer son angoisse ou s'il s'agissait encore d'un truc de môme. Il nous prenait pour Butch Cassidy et le Kid avant l'assaut final. Je n'osais pas lui rappeler que tout ça s'était mal terminé.

Cependant, nos serments de précaution n'étaient jamais durablement tenus. Il nous suffisait d'être pressés l'un contre l'autre pour oublier que tout pouvait nous être retiré en une fraction de seconde. Sur la terrasse du motel, il montait parfois un couple de touristes qui surprenaient, le temps d'une porte qu'on ouvre, nos enlacements, nos baisers furtifs. Nous regagnions notre chambre sous des regards inquisiteurs.

Jack m'avait également appris que son agent, une Paula survitaminée, nourrissait de sérieux doutes. Ses défections répétées, ses messes basses au téléphone, ses réponses évasives avaient largement contribué à éveiller des soupçons chez une femme qui était, de toute façon, naturellement portée à la paranoïa. Elle l'avait interrogé frontalement. Il avait nié farouchement, sans convaincre. Il était persuadé qu'elle était capable de le faire suivre par un détective privé pour en avoir le cœur net. Ne prétendait-elle pas, à longueur de journée, le protéger contre lui-même, et contre « ses démons » ? Mais que savait-elle, au juste, de ses démons ?

Encore aujourd'hui, je me demande comment nous avons réussi à danser aussi longtemps et à ce point inconscients du danger au-dessus du volcan.

Le coup de grâce nous a été porté dans les premiers jours de septembre. L'été s'en allait. Nous aurions bientôt fini de danser.

Les Burbank sont rentrés de vacances le 7 septembre. Ils séjournaient en Europe depuis le mois de juin. Les milliardaires ont besoin d'exils dorés sur les vieux continents, il leur semble qu'ils visitent leurs terres et sont enchantés, à leur retour, d'évoquer dans les dîners leur oisiveté dans des villas toscanes cernées d'oliviers, les heures passées sur le pont d'un bateau de plaisance mouillant en Méditerranée, ou les villégiatures sur la Côte d'Azur. Ils ont relevé dans leur boîte aux lettres un document officiel de la police de Los Angeles les enjoignant de remettre les enregistrements réalisés par leurs multiples caméras de surveillance. En bons Américains, ils se sont exécutés sans rechigner.

Sur une des bandes, on voit assez distinctement un homme balancer un cadavre par la portière de sa voiture. Le visage de l'homme n'est pas reconnaissable : un pare-soleil baissé, la pénombre empêchent de l'identifier. En revanche, sa plaque minéralogique est parfaitement lisible. McGill a mis moins de cinq minutes à déterminer son propriétaire. Un dénommé Jack Bell. Bingo.

Je me souviens très précisément du moment où l'Irlandais est entré dans mon bureau, ce jour-là. Il avait une expression à la fois sévère et embarrassée. J'ai deviné ce qu'il allait m'apprendre avant qu'il prononce la moindre parole. Il a refermé la porte derrière lui, afin que personne ne vienne nous déranger, que personne n'entende notre conversation. Je lui suis très reconnaissant de ne pas en avoir fait des tonnes. Sa sobriété a été exemplaire, dans les minutes de la révélation. Décidément, j'avais raison d'éprouver le plus grand respect pour lui.

Chaque fois que j'avais essayé de penser à ce qui aurait pu nous faire chuter, Jack et moi, je n'avais pas envisagé l'hypothèse d'une bande vidéo. Je croyais qu'un témoin finirait par se pointer, ou qu'un maître chanteur se manifesterait. Il devait forcément exister quelques garçons dans la confidence des amours de Billy Greenfield. Pourtant, aucun n'a parlé. Aucun n'a cherché à se faire du fric. Au fond, les parias se donnent des règles, à leur manière : on ne fricote pas avec la police, on ne va pas chercher les emmerdes, on reste dans son coin. Et puis, ce sont les risques du métier, sans doute, de terminer sa course refroidi par un client qui panique. Le coup n'est pas venu de là où je l'attendais.

McGill n'avait pas imaginé que j'entretenais une liaison avec Jack. C'était trop loin de lui, de ses schémas, et moi, je comprends ça. Il avait constaté, en revanche, que mon esprit, depuis quelques semaines, était accaparé par quelqu'un. Il était, par ailleurs, certain que j'étais resté en contact avec Jack, de minuscules indices lui avaient mis la puce à l'oreille, des téléphones raccrochés, des notes griffonnées, l'indiscrétion d'une standardiste se vantant d'avoir parlé à Jack Bell, il n'était pas flic pour rien. Pourtant, il n'avait pas établi de rapport entre ces deux éléments. Lorsqu'il avait visionné la vidéo accusatrice, les choses lui étaient soudain apparues clairement. Il ne savait pas dire pourquoi. Ça lui avait sauté au visage. Il avait ensuite déroulé l'histoire.

Bien entendu, il n'avait aucune preuve de notre aventure mais c'était comme s'il n'en avait pas eu besoin. Comme si, à sa façon, il avait intégré la nécessité irrationnelle de ce qui me liait à Jack. McGill n'a pas émis le moindre jugement moral, pas posé une seule question, pas exigé d'explication. Il s'est contenté d'exposer les faits dans leur terrible nudité, leur accablante vérité. Je l'ai écouté, sans sourciller. Je me demande encore où j'ai puisé la force de ne pas m'effondrer. Je suppose que c'est la redoutable placidité de mon interlocuteur qui m'y a aidé.

Il m'a dit : « Personne n'est au courant, encore. Tu es le premier que j'informe de cette découverte. Nous allons devoir demander des comptes à Jack Bell. S'il est bien le conducteur du véhicule, son compte est bon. » Il a marqué un temps et finalement ajouté : « Je crois qu'il est préférable que ce soit moi qui l'interroge. »

Mon regard était fixé sur mon partenaire mais c'était un regard aveugle, vitreux. Et, en tout cas, pas affolé. Non, je n'ai pas cédé à la panique ou à la détresse. Depuis le début ou presque, je pressentais que cette situation se présenterait. J'accueillais le dénouement comme une fatalité. Et puis, j'avais conscience que toute lutte était inutile. Il aurait été vain de tenter de convaincre McGill de ne pas tenir compte de ce nouvel élément, et de laisser tomber l'enquête. Il était trop scrupuleux. Et incorruptible. Au fond, il devait être un peu désolé.

Je me suis retourné vers la fenêtre, j'ai scruté le boulevard en contrebas, le lent vacillement des branches de palmier dans l'après-midi parfaite et le flot régulier des voitures. J'ai simplement murmuré : « Je te demande une heure. »

Une fois de plus, à ce moment-là, j'aurais pu non pas sauver l'honneur mais au moins les meubles. D'autant que j'étais très au fait des petits arrangements de la police. Quand l'un des nôtres est impliqué d'un peu trop près dans une affaire de mœurs ou dans un petit trafic, on fait le nécessaire pour que rien n'apparaisse. On ferme les yeux. On conseille juste au type d'aller voir ailleurs et, en général, il y va sans discuter, trop content de s'en tirer à si bon compte. Bien sûr, en l'espèce, il s'agissait d'une affaire de meurtre, donc d'un cas beaucoup plus grave, mais, à ce stade, on ignorait mon degré d'implication et on pouvait même supposer que je ne savais rien de la culpabilité de Jack. Entretenir une liaison avec une personne soupçonnée ne constituait pas une faute, tout au plus une maladresse. Je pouvais, par ailleurs, espérer que Jack ne me mouillerait pas, et même qu'il me disculperait si d'aventure on le questionnait de façon trop précise ou si on cherchait à lui extirper la vérité. Oui, à ce moment-là, il était encore possible pour moi de m'en sortir.

Mais ç'aurait été pire que la trahison, pire même que la lâcheté. En abandonnant Jack, j'aurais renié tout ce que nous avions vécu, piétiné tout ce qui nous liait, affirmé : cet amour vaut moins que mon propre sort. Ce n'était pas envisageable. Je ne l'ai pas envisagé.

Plus tard, on a prétendu, dans un sarcasme, ou avec mépris, que j'avais cédé à un romantisme grotesque. Mais ceux qui ont avancé cela n'ont rien compris, rien du tout, à ce qui s'est joué entre Jack Bell et moi. Ils n'y ont vu qu'une histoire de cul, ou une histoire tordue et dégoûtante. Ceux-là, de toute façon, nous ont condamnés sans même prendre le temps de nous juger, nous ont craché dessus sans même nous faire l'aumône de s'intéresser à nous. Nous symbolisions tout ce qu'ils vomissaient. Donc ce qu'ils pouvaient dire ou penser m'était assez indifférent.

J'ai appelé Jack chez lui.
Je lui ai appris que nous détenions la preuve de sa culpabilité.
Que les flics seraient à son domicile dans moins d'une heure, qu'ils venaient pour l'arrêter.
Je lui ai dit : c'est vingt ans de prison, minimum. Peut-être la chaise électrique.

J'ai ajouté, dans un souffle : il est encore temps de t'enfuir.

Voilà. J'ai foulé aux pieds le serment que j'avais prêté le jour de mon entrée dans la police. Jeté l'insigne que je portais, dans le premier caniveau. Et trompé la confiance de McGill, qui, lui, ne m'avait jamais trahi. Je n'ai pas eu une seconde d'hésitation.

Je me rappelle le silence de Jack au téléphone. Je n'entendais que sa respiration. Je devinais le choc, la prostration, l'écroulement du monde. J'aurais voulu être là pour le soutenir, l'enlacer mais j'avais choisi l'efficacité : le temps était compté, il fallait faire au plus vite, me rendre sur place aurait ôté des minutes précieuses, peut-être décisives. Et c'était insoutenable, cette distance entre nous. Insupportable d'être séparés dans un moment pareil. J'étais écrasé d'impuissance et de chagrin. J'imaginais le beau visage de Jack, blême, et son corps fragile, et le sang qui cognait à ses tempes, et les battements de son cœur, et sa solitude. J'ai dit : « Retrouvons-nous au motel. »

Il s'est écoulé quelques secondes et il a juste laissé tomber, dans ce que j'ai imaginé être un sourire forcé : « Alors, comme Butch Cassidy et Billy le Kid ? »

Qu'on ne se méprenne pas : ce dernier rendez-vous, je ne le lui ai pas proposé par pitié. Mais par amour.

Je dis : *dernier rendez-vous*, mais j'ignorais alors qu'il en serait ainsi. Certes, je pressentais que nous ne nous en sortirions pas. On ne fuit jamais longtemps la police. Elle vous retrouve toujours lorsqu'elle décide de vous traquer. Et quand votre visage est connu de tous, vous n'avez pratiquement aucune chance de lui échapper, il se trouvera toujours quelqu'un pour vous reconnaître et vous dénoncer. Mais je voulais encore y croire, contre l'évidence.

Jack, lui, était lucide : ce serait comme pour les deux cow-boys, la maison allait être encerclée, les fusils seraient armés et tendus vers nous, on nous demanderait de nous rendre.

J'étais curieusement calme. J'ai rangé machinalement les dossiers sur mon bureau, remis les stylos à leur place, inspecté la pièce du regard. Mes gestes étaient méthodiques. J'ai envisagé d'appeler Laura et finalement renoncé. Je ne disposais pas du temps suffisant pour lui raconter l'histoire, je ne comptais pas solliciter son approbation, rien ne serait susceptible d'amortir la violence du coup, à quoi bon parler ? Sinon pour lui dire adieu. Et ce n'était pas mon genre.

J'ai attendu que la brigade se mette en branle, vu les hommes se rassembler dans la cour, le ballet frénétique des uniformes, McGill m'a jeté un coup d'œil, il était certain de me trouver derrière ma fenêtre, les véhicules balisés ont dételé toutes sirènes hurlantes, la cohorte est partie en chasse, le fracas s'est éloigné, il est devenu rapidement une rumeur assourdie dans la ville dangereuse. J'ai quitté les lieux à mon tour, et roulé en direction de Venice Beach.

Sur le chemin, j'ai aperçu les collines de Bel Air, pensé à des femmes sans âge qui devaient prendre des bains de soleil au bord de piscines, ou derrière des balustrades de bois blanc et l'insouciance des bien-portants m'a semblé étrange. J'ai observé les palmiers, les cyprès, les orangers et l'indifférence de la nature à l'égard de la folie des hommes m'a fait envie. Sans doute allais-je perdre tout ce que je possédais. J'ai appuyé sur l'accélérateur.

Je n'ai pas vu défiler les images des dernières semaines. Pas eu de ces visions qui nous saisissent, paraît-il, lorsque la mort se rapproche. Non, je ne me suis pas repassé le film en accéléré. Au contraire, j'ai fait le vide dans mon esprit, me débarrassant de tout ce qui l'encombrait, me délestant de mes oripeaux, m'affranchissant de toute mauvaise pensée. Et c'était tellement doux, ce dénuement, cet abandon.

J'ai garé ma voiture dans un parking situé assez loin du Sunset Terrace pour qu'on ne nous retrouve pas tout de suite, et fini le chemin à pied. J'ai retiré mes chaussures, le sable était chaud sous mes pieds. J'ai pensé : quelle belle journée !

Ma mère m'a dévisagé lorsque je suis entré dans l'hôtel. Elle se tenait derrière le comptoir, comme à son habitude, mais elle était livide, il y avait dans son expression quelque chose comme un affolement résigné. Je sais que cela peut sembler contradictoire mais c'était exactement ça pourtant : une détresse empreinte de fatalité. À ce moment précis, elle ignorait ce qui se tramait, mais elle avait vu Jack débarquer une demi-heure plus tôt. Elle l'avait salué comme elle le faisait les autres jours, je crois que s'était installée entre eux non pas une connivence mais une sorte d'indulgence. Et lui, il s'était immobilisé devant elle, incapable de prononcer une parole, sa lèvre tremblait, son regard était perdu, et elle, ça l'avait pétrifiée, un désarroi pareil, elle avait contourné le comptoir, s'était approchée de lui, avait répété plusieurs fois « Ça va ? », sans qu'il lui réponde, alors elle l'avait serré contre elle, comme une mère le fait avec son fils, elle avait entendu son cœur qui cognait, elle l'avait serré plus fort encore et ça n'avait rien changé, se souvenait-elle qu'on ne sauve pas les gens, qu'on ne les empêche pas de laisser leur voiture s'envoler depuis la corniche dans le soir, elle avait relâché sa pression, Jack était resté les bras ballants. Quelques instants plus tard, rendue à sa solitude, elle était retournée derrière son comptoir pour y attendre l'arrivée de son fils. Et maintenant j'étais là, étrangement paisible, mais elle connaissait mon apparente froideur dans les cataclysmes, elle m'espérait taillé pour le drame. Elle m'a jeté un regard apeuré et aimant, cherchant à me signifier qu'elle serait à mes côtés quoi qu'il arrive. Nous ne nous sommes pas dit un mot.

Je me suis engouffré dans l'escalier, j'ai poussé la porte de la 401, Jack se tenait debout devant la fenêtre, entre les rideaux ouverts, dans le soleil, me tournant le dos. Il n'a pas bougé, savait que c'était moi, j'ai avancé jusqu'à lui, j'avais ralenti mon pas, je scrutais sa nuque, une tristesse m'a écrasé les épaules, faisant un écho parfait à sa tristesse à lui, que je sentais, qui envahissait tout l'espace, nous étions les condamnés.

J'ai glissé ma main dans la sienne, comme le font les couples quand ils déambulent dans les jardins, les amoureux quand ils s'enfoncent dans la nuit, et puis lentement, il s'est arraché à l'observation de l'océan, il a posé ses yeux sur moi, et il y avait tant de misère et tant d'amour dans ces yeux-là, c'était à peine supportable.

On aurait dit qu'il cherchait à s'excuser, oui, à se faire pardonner cette fin annoncée, il aurait voulu que ça dure plus longtemps, nous deux, que ça dure tout le temps, et c'était déjà presque terminé, parce qu'il avait fait une bêtise et qu'il devait payer pour cette bêtise et moi, j'essayais de lui faire comprendre que, sans cette bêtise, nous ne nous serions jamais rencontrés. Un homme était mort et deux autres avaient été précipités l'un contre l'autre, ç'avait été une collision inattendue et violente, elle avait produit un miracle. L'homme n'était pas mort pour rien.

Mais toutes les explications du monde n'auraient pas suffi contre son chagrin. Toutes les justifications ne pesaient pas face au sentiment de gâchis. Et surtout, elles ne seraient d'aucune utilité pour surmonter la séparation programmée. Jack était inconsolable du désastre en marche. J'ai murmuré : « Je prends toute la peine à venir avec moi puisque j'ai eu tout le bonheur. » Son regard s'est embué et sa bouche a dessiné un pauvre sourire. J'ai déposé un baiser sur ce sourire.

Je crois que c'est à cet instant que Jack a décidé qu'il allait mourir.

Il a fallu deux jours à la police pour nous localiser. Deux jours pendant lesquels nous sommes restés enfermés dans la chambre, sans en sortir jamais, sans même organiser une fuite. Il existait cependant une solution envisageable : tenter d'atteindre incognito le Mexique, franchir la frontière en clandestins pour échapper à la traque, espérer gagner notre liberté dans l'exil. Oui, c'était possible. Risqué, aléatoire mais possible. Ce n'était pas un long périple, quelques dizaines de miles, le plus délicat serait de ne pas se faire prendre au poste-frontière mais on pouvait compter sur la fatigue des douaniers, sur un défaut de leur vigilance. Sans le dire, je devinais que nos portraits avaient sans doute été déjà diffusés – McGill était un bon flic – mais les limites territoriales sont quelquefois pleines de trous, et la chance pouvait nous sourire. Pourtant, lorsque j'ai suggéré cette hypothèse, Jack l'a balayée d'un revers de la main. Ce refus catégorique, spontané, irréductible m'a dérouté.

Je n'avais pas encore compris qu'il était déterminé à en finir.

Pour contrer sa fin de non-recevoir, j'ai expliqué que nous cacher dans un motel ne nous serait d'aucun secours, qu'on finirait forcément par nous repérer, qu'au moins, dans cette évasion, nous avions une chance, infime mais pas négligeable. Je mesurais parfaitement combien une telle cavale était hasardeuse mais j'avais envie de la tenter parce que je ne me résignais pas au peu de temps qui nous restait, parce que je ne me faisais pas à l'idée de perdre Jack, parce que tout me semblait préférable à un confinement fatal. Je me souviens même d'avoir murmuré qu'il y avait quelque chose de romantique dans une cavale – tous les arguments étaient bons –, mais Jack a souri sans me répondre. Lui considérait que le romantisme consistait à attendre la mort, peut-être même à la devancer.

En réalité, il aimait l'idée que notre aventure ait débuté dans une chambre, celle du motel de Monterey, et qu'elle s'achève dans une chambre, du côté de Venice Beach. Ou plutôt, dans l'état de désarroi et d'égarement où il se trouvait, cette idée était comme un point d'ancrage, une certitude, et un baume.

Moi, saisi par des bouffées d'angoisse silencieuse, j'entrevoyais le caractère absolument tragique de notre situation, et je ne parvenais pas à me fixer sur cette notion de boucle bouclée, d'épilogue logique. Notre histoire était sans logique, pour le meilleur et pour le pire.

Ce qui est certain, c'est que nous étions des naufragés, accrochés à un bout de bois flottant, à la carcasse d'un navire fracassé et coulé, ballottés dans des eaux hostiles, ne pouvant même pas miser sur un sauvetage puisque ceux qui viendraient nous chercher nous enfonceraient la tête sous l'eau.

Alors quoi ? Alors s'aimer. Pour le temps qui nous était imparti, et dont nous ignorions le terme. S'aimer en connaissant l'issue mais pas l'échéance. Ces quarante-huit heures, à leur manière, ont été les plus belles de ma vie.

Et comment dire la douceur de ça ? Comment dire la délicatesse et la lenteur ? Il faudrait sans doute des mots que je ne possède pas, des expressions qui m'échappent, des images que je suis incapable de former, des adjectifs savants qui visent juste. Il faudrait surtout des silences, des aveux sans paroles, ces presque rien qui signifient tout. Il faudrait abdiquer toute intelligence, toute intention pour être seulement dans l'émotion, dans ce qui se ressent, ce qui s'éprouve. Il faudrait aussi ne pas redouter l'impudeur, ou bien inventer une manière de se dévoiler, de se livrer qui ne soit pas indécente. J'ai dit ici des moments crus, j'ai dit les corps affamés, offerts, épuisés, j'ai dit les bouches qui se mordent, les mains qui s'affolent, les peaux qui se confondent, les bras qui se nouent, les hanches qui cognent, les sexes qui pénètrent, j'ai dit cela sans tabou, sans retenue, pour qu'on comprenne la frénésie, je ne renie rien, je réécrirais de la même manière cette urgence, cette nécessité mais là, dans les heures de Venice Beach, il s'est agi d'autre chose, qui a peut-être à voir avec la grâce et le désespoir.

Désormais, je dois parler du moment que Jack a choisi pour s'en aller. Et dire que, des mois après, sa prémonition fabuleuse continue de me hanter. Que la coïncidence exacte du débarquement de la police et de sa mort persiste à me faire froid dans le dos.

Cela s'est passé l'après-midi du deuxième jour, à l'heure où la lumière se fait moins violente, quand les gens commencent à envisager de remonter de la plage, pourtant ce n'est pas encore le soir, il demeure quelque chose de sucré dans l'air, le Pacifique semble se calmer un peu, ce sont des instants en suspension, ceux que je préfère. Nous étions entortillés dans les draps, la main de Jack dérivait lentement sur mon torse, sa tête avait roulé à côté de l'oreiller, les pales du ventilateur éventaient une chaleur molle. Nous nous efforcions d'oublier ce qui nous était promis, nous ne parlions presque plus, nous avions accédé au plus beau des silences, atteint la capitulation des suicidaires. Jack s'est redressé, m'a observé longuement, avec un demi-sourire, il inscrivait en fait mon visage dans sa mémoire et moi, je ne m'en rendais pas compte, il a seulement dit : « Je vais prendre un bain, dors un peu si tu veux. »

Je suis certain qu'il n'a glissé aucune solennité dans ces quelques mots tout bêtes, il savait néanmoins que c'étaient les derniers, il n'y a pas logé de sous-entendu, il n'a pas voulu me dire adieu, il est parti sur la pointe des pieds, sans drame, sans déchirement. Avec le recul, je lui en suis reconnaissant. Il a refusé une fin théâtrale ou chaotique, en forme de débâcle. Il m'a épargné les mauvais souvenirs.

J'ai entendu l'eau couler dans la baignoire et la fatigue l'emportant sur la vigilance, je me suis endormi. Ce sont les sirènes qui m'ont réveillé en sursaut, peut-être une heure plus tard. Elles ont fondu sur notre cache, sur nous, ont hurlé en contrebas. M'ont arraché, en une seconde, à la moiteur du sommeil. J'ai pensé : c'est maintenant, nous n'irons pas plus loin. J'ai pensé à Butch Cassidy et Billy le Kid. J'ai sauté hors du lit et couru vers la salle de bains. Quand j'ai poussé la porte, le rouge m'a sauté aux yeux.

Jack dormait dans des eaux rougies par son sang, la tête penchée sur le côté. J'ai aperçu une lame de rasoir sur le carrelage noir et blanc. J'ai imaginé les veines sectionnées aux poignets. Jack avait un air étrangement paisible. Et ce sourire léger qu'il m'avait offert en me laissant. Je n'ai pas eu le temps de m'approcher de lui. Les flics m'ont ceinturé et passé les menottes dans le dos.

Tout ce rouge. Comment oublier, un jour, tout ce rouge ?

Maintenant qu'il est parti, il y a deux ou trois choses que j'ai réussi à établir avec certitude.

Nous n'aurions jamais dû nous rencontrer. Qu'on me comprenne : je ne regrette pas notre rencontre, c'est même très exactement l'inverse. Ce que je veux dire, c'est : nous étions programmés pour ne jamais nous rencontrer. Nos mondes étaient sans intersection. Tout nous séparait. Tout nous maintenait à distance. Seul un accident extravagant était susceptible de nous mettre en présence. La mort violente de Billy Greenfield a été un sacré accident.

Nous nous sommes percutés à la manière de deux trains roulant à pleine allure l'un vers l'autre sur la même voie. Voilà, nous avons été lancés l'un contre l'autre. Le choc a été spectaculaire. Il ne pouvait qu'être meurtrier. Le problème, c'est que, moi, j'ai survécu.

Nous n'avions pas fini de nous aimer. Non, pas fini de nous aimer. Tout nous a été retiré trop vite. Il nous restait tant à faire. Une vie entière, peut-être. Un amour total, pourquoi ça s'arrêterait ?

J'essaie d'apprendre à vivre sans lui. Chaque jour, j'essaie. Je vous jure que j'essaie. Je n'y arrive pas.

Ce qui est advenu juste après son suicide, je n'en ai conservé qu'un souvenir flou. Pourtant, le fragile équilibre de mon existence s'est effondré au cours de ces journées de septembre.

Laura a fait savoir que je devais ne jamais plus me présenter devant elle, elle a arrêté sa décision en une fraction de seconde, elle n'a pas eu à réfléchir, je ne l'en blâme pas, à sa place j'aurais fait la même chose, elle m'a chassé sans élever la voix, avec un peu de tristesse peut-être et de ressentiment. Elle est partie avec l'enfant à naître, que je n'ai jamais vu.

Ma hiérarchie était prête à prendre à mon égard une sanction exemplaire et j'étais prêt à l'accepter, j'étais même prêt à la prison, c'était un juste châtiment, j'avais protégé un meurtrier, j'étais devenu son complice, mais McGill a su convaincre tout le monde qu'un scandale ne servirait les intérêts de personne. La police de Los Angeles souffrait d'une sale image, à quoi bon la ternir davantage alors qu'on pouvait étouffer l'affaire ? Mon nom a donc purement et simplement été rayé des tablettes, je n'avais jamais rencontré Jack Bell, d'ailleurs celui-ci s'était suicidé seul, écrasé par le remords, dans une chambre d'hôtel, tous ont avalé ces sornettes, ce n'était pas bien difficile, mon cas n'intéressait personne, celui qui captait toute l'attention, toute la lumière, c'était la star déchue, baignant dans son sang.

En réalité, je crois que McGill a agi avant tout par amitié, il se fichait pas mal des éventuels remous mais il ne voulait pas de la curée pour moi, pas de la meute à mes basques, cette idée lui faisait de la peine. En mémoire des années partagées, qui n'avaient pas été mauvaises, il m'a sauvé de l'infamie et de la violence.

Je crois aussi, même si nous n'avons jamais eu l'occasion d'en parler, puisque je ne l'ai pas revu, qu'il était le seul à avoir compris ce qui s'était passé entre Jack et moi, la pureté de ça, la folie de ça.

Il n'éprouvait pas le dégoût exprimé par la poignée de ceux mis dans la confidence. Et il devait penser que je ne méritais pas les crachats promis.

On m'a demandé de rendre mon insigne, de me tenir à carreau. Celui qui m'a congédié portait dans le regard un mépris inoubliable.

On m'a conseillé de quitter la ville et c'est ce que j'ai fait. J'y suis revenu au printemps, discrètement, parce que l'éloignement ne m'a pas apaisé. Je me suis rendu compte que je n'étais pas d'ailleurs. Et la seule chose qui me rattache au monde se trouve ici.

Je loue désormais un meublé sur Slauson Boulevard. Je m'arrange pour ne pas faire parler de moi, et pour ne croiser aucune des personnes de mon ancienne vie. J'y arrive très bien, Los Angeles est si vaste.

Les journaux, je ne les ai pas lus à l'époque mais je devinais que la photo de Jack s'y étalait, s'y reproduisait à l'infini et que le récit de l'affaire occupait des pleines pages. Et puis Saddam a refait des siennes, et un ouragan a fait des dizaines de victimes, de bons Américains ont péri et Jack a disparu de la une. Une actualité a chassé l'autre, les choses se sont calmées peu à peu. Les parents de Billy Greenfield ont entamé leur deuil, sans colère, avec résignation. Tout est rentré dans l'ordre. Ne sont restées que deux tombes, celle du garçon retrouvé étendu dans l'herbe fraîche et celle de l'idole fracassée, fleurie par des fans éplorés et qui s'est dégarnie à mesure que les mois ont passé.

C'est l'été aujourd'hui. À Venice Beach, la plage est bondée, des enfants se poursuivent en riant, des surfeurs affrontent des vagues gigantesques, des femmes et des hommes se donnent au soleil, ma mère se tient derrière le comptoir du Sunset Terrace, elle repousse sans méchanceté les touristes qui voudraient visiter la chambre où le drame s'est produit, mon fils grandit sans moi, la vie continue. Quand l'après-midi s'achève, il m'arrive d'aller marcher sur la jetée. Le plus souvent, l'air est doux et étrangement parfumé. Mais pour moi, rien n'est plus comme avant. Cette douceur, cette enivrante douceur des étés pacifiques, me fait incroyablement mal.